BUKOWSKI

BUKOWSKI

Pulp

Tradução
Carlos André Moreira

HarperCollins

Rio de Janeiro, 2023

Publicado mediante acordo com a Ecco, um selo da HarperCollins Publishers.
Título original: *Pulp*

Publisher: *Samuel Coto*
Editora executiva: *Alice Mello*
Editora: *Lara Berruezo*
Editoras assistentes: *Anna Clara Gonçalves e Camila Carneiro*
Assistência editorial: *Yasmin Montebello*
Copidesque: *Bonie Santos*
Revisão: *Vanessa Sawada e Suelen Lopes*
Design de capa: *Flávia Castanheira*
Ilustração de capa: *Fabio Zimbres*
Diagramação: *Abreu's System*

Dados Internacionais de Catalogação na Publicação (CIP)
(Câmara Brasileira do Livro, SP, Brasil)

Bukowski, Charles, 1920-1994
Pulp / Charles Bukowski ; tradução Carlos André Moreira. — Rio de Janeiro : HarperCollins Brasil, 2023.

Título original: Pulp
ISBN 978-65-6005-052-5

1. Ficção norte-americana I. Título.

23-161051 CDD-813

Índices para catálogo sistemático:
1. Ficção : Literatura norte-americana 813

Eliane de Freitas Leite – Bibliotecária – CRB-8/8415

HarperCollins Brasil é uma marca licenciada à Casa dos Livros Editora LTDA.
Todos os direitos reservados à Casa dos Livros Editora LTDA.
Rua da Quitanda, 86, sala 218 – Centro
Rio de Janeiro, RJ – CEP 20091-005
Tel.: (21) 3175-1030
www.harpercollins.com.br

Dedicado à literatura ruim

Sumário

1

Eu estava sentado no meu escritório, meu contrato de aluguel havia vencido e McKelvey já havia começado a trabalhar no despejo. Era um dia de calor infernal, e o ar-condicionado estava pifado. Uma mosca atravessou rastejando o tampo da minha mesa. Dei nela com a palma da mão e a tirei de campo. Limpava a mão na perna esquerda da calça quando o telefone tocou.

Atendi.

— Sim? — falei.

— Você lê Celine?* — uma voz feminina perguntou. Soava muito sensual. Eu estava sozinho havia algum tempo. Décadas.

— Celine — repeti. — Hummm.

— Eu quero Celine — disse ela. — Preciso tê-lo.

---

* Louis-Ferdinand Céline (1894-1961), autor de obras-primas da literatura francesa do século XX, como *Morte a crédito* e *Viagem ao fim da noite*. Notabilizou-se tanto pelo uso inovador da linguagem vulgar e coloquial na prosa (sendo, provavelmente, um dos motivos pelos quais era um dos autores preferidos de Bukowski) quanto pelo aberto e declarado antissemitismo — nos anos da ocupação nazista no país, Céline foi um comensal feliz e muito bem integrado nas recepções dadas pelo embaixador nazista na França Otto Abetz, além de ter levado opiniões antissemitas a vários jornais editados pelos nazistas durante o período. [*N.T.*]

Aquela voz tão sensual estava me afetando, de verdade.

— Celine? — falei. — Me dê um pouco de contexto. Fale comigo, dona. Continue falando...

— Feche a braguilha — respondeu.

Olhei para baixo.

— Como você sabia? — perguntei.

— Não importa. Eu quero Celine.

— Celine está morto.

— Não, não está. Quero que você o encontre. Eu o quero.

— Talvez eu encontre a ossada dele.

— Não, seu idiota, ele está vivo!

— Onde?

— Hollywood. Ouvi dizer que ele anda rondando a livraria do Ruivo Koldowsky*.

— Então por que *você* não vai lá e o acha?

— Porque primeiro eu quero saber se é o *verdadeiro* Celine. Preciso ter certeza, certeza absoluta.

— Mas por que me procurou? Há centenas de detetives nesta cidade.

— John Barton me recomendou você.

— Ah, sim, Barton. Bem, escuta aqui: preciso de algum tipo de adiantamento. E preciso vê-la pessoalmente.

— Estarei aí em alguns minutos — disse ela.

E desligou. Fechei a braguilha.

E esperei.

* O "Ruivo" Koldowsky é uma caricatura de Sholom "Red" Stodolsky, amigo de Bukowski e proprietário da Baroque Book Store, na Las Palmas Avenue, em Hollywood, lugar que o escritor costumava frequentar. [N.T.]

2

Ela entrou.

Agora, veja bem, simplesmente não era justo. O vestido dela era tão apertado que quase arrebentava as costuras. Muito achocolatado. E ela usava saltos tão altos que pareciam pequenas pernas de pau. Andava como um aleijado* bêbado, cambaleando pela sala. Uma gloriosa vertigem da carne.

— Sente-se, madame — convidei.

Ela se abancou e cruzou as pernas bem alto, quase estourando meus olhos.**

— É um prazer ver você, madame — falei.

— Pare de babar, por favor. Nada que você não tenha visto antes.

---

* Do inglês *cripple*. Optamos por traduzir fielmente à edição original mesmo sendo um termo considerado ofensivo. [*N.E.*]

** O tratamento das figuras femininas nas narrativas de Bukowski, quase sempre sexualizadas a nível extremo, tem sido amplamente discutido nos últimos anos. Em várias passagens, esse tratamento é, sim, a misoginia indisfarçável do autor escapando pelas fímbrias do texto. Mas, em outras, como nesta e como se verá em boa parte deste romance em particular, há um tratamento humorístico e cartunesco que remete a desenhos animados ao estilo Betty Boop. Elas são, como escreveu o crítico Adam Kirsch em um artigo de 2005 para a revista *New Yorker*, uma "caricatura altamente colorida e moralmente descomplicada da coisa real". [*N.T.*]

— É aí que você se engana, madame. Agora, posso saber seu nome?

— Madame Morte.

— Madame Morte? Você é do circo? Do cinema?

— Não.

— Local de nascimento?

— Não importa.

— Ano de nascimento?

— Não banque o engraçadinho...

— Só estou tentando obter algum contexto...

De algum modo me perdi, comecei a olhar as pernas dela. Sempre fui chegado em pernas. Foi a primeira coisa que vi ao nascer. Mas naquela época eu estava tentando sair. Desde então tenho tentado ir na direção contrária, sem muita sorte.*

Ela estalou os dedos.

— Ei, acorda!

— Ahn? — Olhei para cima.

— O caso Celine. Lembra?

— Sim, claro.

Desdobrei um clipe de papel e virei a ponta para ela.

— Vou precisar de um cheque pelos serviços prestados.

— Claro. — Ela sorriu. — Quanto?

— Seis dólares a hora.

Ela pegou o talão de cheques, preencheu, destacou a folha e a jogou para mim. Aterrissou na mesa. Peguei. Duzentos e quarenta dólares. Eu não via tanto dinheiro desde que acertei uma dupla exata no páreo do Hollywood Park em 1988.

---

* Apesar de Belane começar a narrativa cheio de bravatas de conteúdo sexual, como muitos dos personagens anteriores de Bukowski, o que mais chama a atenção no caráter do protagonista desta obra tardia do autor é, na verdade, sua impotência. Tanto no campo profissional quanto no da própria sedução, o que se vê é um personagem tateante que ensaia reafirmar a insegurança com bravatas, mas que, na prática, resolve os casos por sorte e fala mais de sexo do que de fato o pratica. [*N.T.*]

— Obrigado, Madame...

— ...Morte — acrescentou ela.

— Sim — respondi. — Agora me conte um pouco sobre esse tal Celine. Você falou alguma coisa sobre uma livraria?

— Bem, ele anda rondando pela livraria do Ruivo, dando uma olhada nos livros... Perguntando por Faulkner, Carson McCullers. Charles Manson...*

— Rondando pela livraria, hein? Hum...

— Sim — disse ela —, você conhece o Ruivo. Ele gosta de expulsar as pessoas da livraria. Alguém pode gastar mil dólares lá, e depois de um ou dois minutos o Ruivo dirá: "Por que não dá o fora daqui?". O Ruivo é um cara legal, só um tanto esquisito. De qualquer forma, ele continua tocando Celine para fora, e Celine vai até o Musso's** e fica pelo balcão com uma cara triste. Um ou dois dias depois, ele volta e acontece tudo de novo.

---

* William Faulkner (1897-1962), considerado um dos maiores romancistas do século XX, e Carson McCullers (1917-1967), cuja obra é bastante cultuada pela densidade melancólica de sua prosa, foram autores que exploraram o isolamento de personagens marginais, vulneráveis e inadaptados no Sul profundo dos Estados Unidos. Charles Manson (1934-2017) foi um delirante artista fracassado cuja seita pessoal, que ele denominava a "família" dele, assassinou nove pessoas em quatro locais da Califórnia entre julho e agosto de 1969, incluindo a atriz de cinema Sharon Tate. Bukowski o menciona mais de uma vez em suas obras, como se Manson fosse seu avesso na contracultura da Califórnia. No romance *Hollywood*, enquanto o alter ego Chinasky busca uma casa, ele rejeita um imóvel em Topanga porque Manson e a família haviam usado o lugar como base por um tempo. [*N.T.*]

** Uma referência ao Musso e Frank's Grill, restaurante ainda em atividade no Hollywood Boulevard e que já era um dos grandes pontos de referência de Los Angeles mesmo antes de Bukowski nascer. Era um dos lugares preferidos do escritor, o que se traduz na importância inadvertida que terá mais adiante nesta história — curiosamente, seu biógrafo, Howard Sounes, conta que o próprio Bukowski foi algumas vezes expulso do restaurante por comportamento exacerbado quando exagerava no uísque. [*N.T.*]

— Celine está morto. Celine e Hemingway morreram com um dia de diferença. Trinta e dois anos atrás.

— Eu sei do Hemingway. O Hemingway eu tenho.

— Tem certeza de que foi Hemingway?

— Ah, sim.

— Então como pode não ter certeza de que esse Celine é o Celine?

— Não sei. Me deu algum tipo de bloqueio com essa coisa. Nunca me aconteceu antes. Talvez eu esteja nessa há muito tempo. Então, vim até você. Barton disse que você é bom.

— E você acha que o verdadeiro Celine está vivo? E você o quer?

— Muito mesmo, cara.

— Belane, Nick Belane.*

— Tudo bem, Belane. Eu quero ter *certeza*. Tem que ser o *verdadeiro* Celine, não um imitador de meia-tigela. Há muitos desses por aí.

— E eu não sei?

---

* O nome do detetive protagonista é um trocadilho sonoro com Mickey Spillane (1918-2006), um dos mais populares autores de um tipo bastante característico e peculiar de suspense policial. Embora os nomes hoje mais celebrados da vertente de literatura de crime chamada "*hard-boiled*" — com detetives imperfeitos desvendando casos perdidos em cidades corruptas — sejam Dashiell Hammett e Raymond Chandler, foi Spillane, autor de grande ressonância ao longo do século XX, quem, com as aventuras do detetive Mike Hammer, elevou a temperatura dos lugares-comuns do gênero, muitas vezes imitados e satirizados: o detetive durão e cínico em má situação financeira, o escritório insalubre, a mulher fatal como a cliente inicial atraindo-o para uma trama rebuscada e pouco clara cheia de reviravoltas e violência, a prosa curta e sincopada. A escolha do nome sinaliza a intenção de Bukowski de fazer de *Pulp* um pastiche místico-existencialista-metalinguístico do gênero. [*N.T.*]

— Bom, vai nessa. Eu quero o maior escritor da França. Esperei muito tempo.

Então ela se levantou e saiu. Nunca vi uma bunda como aquela na minha vida. Além da imaginação. Além de qualquer coisa. Não me chateie agora. Quero pensar nela.

3

Era o dia seguinte.

Eu havia cancelado um compromisso para falar diante da Câmara de Comércio de Palm Springs.

Chovia. O teto vazava. A chuva pingava pelo teto fazendo plá, plá, plá, caplá, caplá, plá, plá, caplá, plá, plá, caplá, caplá, caplá, plá, plá, plá...

O saquê me aquecia. Aquecia o quê? Aquecia um nada. Aqui estava eu, com cinquenta e cinco anos e sem nem uma panela para catar a chuva. Meu pai havia me avisado que eu acabaria me ferrando na varanda de algum estranho no Arkansas. Ainda havia tempo para chegar lá. Os ônibus saíam todos os dias — mas eles me davam prisão de ventre e sempre havia algum velhote de barba rançosa roncando. Talvez fosse melhor trabalhar no caso Celine.

Será que Celine era Celine mesmo ou outra pessoa? Às vezes eu sentia que não sabia nem quem *eu* era. Tudo bem, eu sou Nicky Belane. Mas saca só. Alguém poderia gritar "Ei, Harry! Harry Martel!", e era muito provável que eu respondesse: "Sim, que foi?". Quer dizer, eu poderia ser qualquer um, que diferença faz? O que há num nome?

A vida é estranha, não é? Sempre me escolhiam por último para o time de beisebol porque sabiam que eu podia arrastar qualquer filho da puta daqui até Denver. Roedores invejosos, isso é o que eles eram.

Eu era talentoso. Sou talentoso. Às vezes olho para minhas mãos e percebo que poderia ter sido um grande pianista ou algo assim. Mas o que minhas mãos fizeram? Coçaram meu saco, preencheram cheques, amarraram cadarços, puxaram descargas etc. Desperdicei minhas mãos. E meu cérebro.

Sentei na chuva.

O telefone tocou. Eu o sequei com uma multa já vencida da Receita Federal e atendi.

— Nick Belane — disse. Ou era Harry Martel?

— Aqui é John Barton — veio a voz.

— Ah, sim, você anda me recomendando. Obrigado.

— Ando te observando. Você tem talento. Ainda um pouco cru, mas é parte do charme.

— Fico feliz em ouvir. Os negócios andam meio mal.

— Ando te observando. Você vai se dar bem, só tem que aguentar firme.

— Sim. Agora, o que posso fazer por você, sr. Barton?

— Estou tentando localizar o Pardal Vermelho*.

* Embora não seja uma obra explicitamente autobiográfica, em *Pulp* Bukowski radicaliza, em tons abstratos e cômicos, um procedimento que usou durante toda a carreira: o de transformar elementos de sua biografia, bastante modificados, na matéria-prima de sua ficção. Aqui, o Pardal Vermelho (Red Sparrow) é uma referência à Black Sparrow ("pardal negro"), editora independente fundada por John Martin, editor que foi fã e benfeitor dele e que garantiu a Bukowski um ganho mínimo para se dedicar à literatura como ofício. Graças a isso, Bukowski publicou na Black Sparrow todas as obras da etapa mais produtiva e bem-sucedida de sua carreira, a partir de 1960. John Martin é também homenageado como inspiração para o próprio John Barton, o cliente amigável que é dono de uma "gráfica", oferece o pagamento de uma mesada vitalícia como recompensa pela solução do caso e parece acreditar no talento de Belane mesmo sem qualquer evidência concreta. [*N.T.*]

— O Pardal Vermelho? Que diabo é isso?

— Tenho certeza de que existe. Quero só encontrá-lo. Quero que o ache para mim.

— Alguma pista para eu seguir?

— Não, mas tenho certeza de que o Pardal Vermelho está lá fora em algum lugar.

— Esse Pardal não tem um nome, tem?

— O que quer dizer?

— Quero dizer um nome. Como Henry. Ou Abner. Ou Celine?

— Não, é só Pardal Vermelho, e sei que você pode achá-lo. Boto fé em você.

— Isso vai custar caro, sr. Barton.

— Se você achar o Pardal Vermelho, pago a você cem dólares por mês pelo resto da sua vida.

— Hum... Ouça, que tal me dar a grana toda de uma vez?

— Não, Nick, você torraria tudo no jóquei.

— Tudo bem, sr. Barton. Deixe-me seu número de telefone e vou trabalhar nisso.

Barton me ditou o número, então disse:

— Confio mesmo em você, Belane.

E desligou.

Bem, os negócios estavam decolando. Mas o teto vazava pior do que nunca. Sacudi algumas gotas de chuva, dei um gole no saquê, enrolei um cigarro, acendi, traguei e me engasguei com uma tosse de cachorro. Coloquei meu chapéu-coco marrom, liguei a secretária eletrônica, caminhei devagar até a porta, abri, e lá estava McKelvey. Ele tinha um peito imenso e parecia usar ombreiras.

— Seu contrato venceu, seu lixo! — Cuspiu. — Quero seu rabo inútil fora daqui!

Foi então que notei a barriga dele. Era como um monte macio de merda mole, e eu enterrei meu punho profundamente nela. Seu rosto se dobrou até meu joelho que subia. Ele caiu, depois rolou de lado. Visão horrível. Fui até ele e surrupiei a carteira. Fotos de crianças em poses pornográficas.

Pensei em matá-lo. Mas só peguei o cartão Visa Gold, chutei-o na bunda e desci pelo elevador.

Decidi caminhar até a livraria do Ruivo. Quando dirigia, sempre me davam uma multa, e os preços dos estacionamentos eram mais do que eu podia pagar.

Andei até o Ruivo me sentindo um pouco deprimido. O homem nascia para morrer. O que isso significava? Andar por aí e esperar. Esperar pelo trem da estação Central. Esperar por um par de peitões em uma noite de agosto, em um quarto de hotel, em Las Vegas. Esperar o rato cantar. Esperar a cobra criar asas. Andar por aí.

O Ruivo estava lá dentro.

— Você deu sorte — disse ele. — Escapou por pouco daquele bêbado do Chinaski. Ele estava aqui se gabando da nova balança postal Pelouze dele.*

— Esquece — falei. — Você tem um exemplar autografado de *Enquanto agonizo*, do Faulkner?

— Claro.

* Bukowski menciona de passagem o alter ego Henry Chinaski, protagonista da série de romances de inspiração biográfica do autor, que inclui os trabalhos mais famosos dele: *Cartas na rua* (1971), *Factótum* (1975), *Mulheres* (1978), *Misto-quente* (1982) e *Hollywood* (1989). Como o próprio Bukowski, Chinaski é um escritor alcoólatra lutando para triunfar por meio de sua arte enquanto agoniza em subempregos de diversos tipos na juventude e que passa um período longo da vida adulta como funcionário do correio — daí a piada com a balança de pesagem postal. A brincadeira ganha um significado ainda mais "meta" por mostrar Chinaski — que, como o próprio Bukowski, detestava trabalhar no correio — "gabando-se" do instrumento de pesagem com o qual trabalhou até quase a "morte da alma dele", nas próprias palavras. Não fica claro na narrativa se o Chinaski mostrado aqui seria o mesmo "vizinho carteiro" que vai aparecer mais adiante ou se aquele personagem é outra versão adulterada do próprio Bukowski. [*N.T.*]

— Qual o preço?

— Dois mil e oitocentos dólares.

— Vou pensar...

— Me dá licença — disse o Ruivo.

Então se virou para um camarada folheando uma primeira edição de *You Can't Go Home Again**.

— Por favor, ponha esse livro na caixa e dê o fora daqui!

Era um carinha de aparência delicada, todo encurvado. Vestido com o que parecia ser um macacão impermeável amarelo.

Ele colocou o livro de volta na caixa e passou por nós em direção à rua, os olhos nublados de umidade. A chuva havia parado. O macacão impermeável amarelo era inútil.

O Ruivo olhou para mim.

— Dá para acreditar que alguns deles vêm aqui comendo sorvete de casquinha?

— Eu acredito em coisa muito pior.

Notei mais alguém na livraria. Estava parado perto do fundo da sala. Achei que o reconhecia das fotos. Celine. Celine?

Caminhei devagar na direção dele. Cheguei bem perto. Tão perto que pude ver o que ele estava lendo. Thomas Mann. *A montanha mágica*.

Ele me viu.

— Esse cara tem um problema — afirmou ele, mostrando o livro.

— E qual é? — perguntei.

* *You Can't Go Home Again* é um romance póstumo do escritor americano Thomas Wolfe, publicado em 1940. Originalmente, era parte de um longo manuscrito inédito de Wolfe para um romance chamado *The October Fair* — e que, após sua morte, foi trabalhado pelo editor, Edward Aswell, para publicação em mais de um volume na série *The Hills Beyond*. Esse romance em particular é a continuação de *The Web and the Rock*. [N.T.]

— Ele considera o tédio uma arte.

Pôs o livro de volta na caixa e ficou lá parecendo Celine.

Olhei para ele.

— Isso é incrível — falei.

— O quê? — perguntou ele.

— Eu achava que você estivesse morto.

Olhou para mim.

— Eu também achava que você estivesse morto — disse ele.

Ficamos só ali, olhando um para o outro.

Então eu ouvi o Ruivo.

— *Eí, você!* — gritou ele — *Dá o fora daqui, caralho!*

Só estávamos nós dois ali.

— Qual dos dois tem que dar o fora? — perguntei.

— *O cara que parece o Celine. Dá o fora daqui, caralho!*

— Mas por quê? — perguntei.

— *Eu sei quando eles não vão comprar nada!*

Celine ou quem quer que fosse começou a ir embora. Eu o segui.

Ele caminhou ao longo do bulevar, depois parou na banca de revistas.

Aquela banca de revistas estava lá desde que eu me lembrava. Lembrei de estar por ali duas ou três décadas antes, com três prostitutas. Levei todas para o meu apê e uma delas masturbou meu cachorro. Elas acharam aquilo engraçado. Estavam bêbadas e chapadas. E aí uma das prostitutas foi ao banheiro, caiu e bateu a cabeça na borda do vaso e sujou o lugar inteiro de sangue. Fiquei horas limpando aquilo tudo com grandes toalhas molhadas. Coloquei-a na cama e me sentei com as outras até que elas foram embora. A da cama ficou por quatro dias e noites, bebendo toda a minha cerveja e falando sobre os dois filhos em East Kansas City.

O cara — era Celine? — estava parado na banca lendo uma revista. Quando me aproximei, notei que era a *New Yorker*. Ele a colocou de volta na prateleira e olhou para mim.

— Só um problema aqui — disse ele.

— Qual?

— Eles simplesmente não sabem escrever. Nenhum deles.

Bem na hora, um táxi veio em marcha lenta.

— *Ei, táxi!* — gritou Celine.

O táxi desacelerou e ele pulou para a frente, a porta de trás se abriu e ele entrou.

— *Ei!* — gritei. — *Eu quero te perguntar uma coisa!*

O táxi cantou pneus em direção ao Hollywood Boulevard. Celine se inclinou, colocou o braço para fora e me mostrou o dedo do meio. Então se foi.

Primeiro táxi que eu via naquelas bandas em décadas. Quer dizer, um vazio, só passando.

Bem, a chuva havia parado, mas a dor continuava. Além disso, havia um clima frio no ar e tudo cheirava a peido molhado.

Dei de ombros e fui até o Musso's.

Eu tinha o cartão Visa Gold. Estava vivo. Talvez. Até começava a me sentir como Nicky Belane. Cantarolei um pequeno trecho de Eric Coates.

O inferno era o que você fazia dele.

4

Procurei Celine na enciclopédia: 1891-1961. Era 1993. Digamos que estivesse vivo, isso daria a ele cento e dois anos. Não admira que a Madame Morte estivesse procurando por ele.

E aquele cara na livraria aparentava ter entre quarenta e cinquenta anos. Então era isso. Não era Celine. Ou talvez ele tivesse encontrado um método para vencer o processo de envelhecimento. Veja as estrelas de cinema, tiravam pele da bunda e enfiavam na cara. A pele da bunda era a última a enrugar. Andavam todas elas por aí em seus últimos anos com caras de bunda. Celine faria isso? Quem gostaria de viver até os cento e dois? Só um idiota. Por que Celine desejaria continuar? A coisa toda era uma loucura. A Madame Morte era louca. Eu era louco. Os pilotos das linhas aéreas eram loucos. Nunca olhe para o piloto. Basta subir a bordo e pedir umas bebidas.

Assisti a duas moscas fodendo, depois decidi ligar para Madame Morte. Abri o zíper e esperei pela voz dela.

— Alô. — Ouvi a voz.

— Hummm... — falei.

— O que foi? Ah, é você, Belane. Está chegando a algum lugar no caso?

— Celine está morto. Ele nasceu em 1891.

— Eu estou por dentro das estatísticas, Belane. Escuta aqui, eu sei que ele está vivo... em algum lugar... E o cara na livraria poderia ser ele. Está chegando perto de alguma coisa? Eu quero aquele cara. Eu o quero muito.

— Hummm... — falei.

— Feche a braguilha!

— Hã?

— Seu idiota, eu disse: "Feche a braguilha!".

—Ah... tá bem.

— Eu quero uma prova cabal de que aquele cara *é* ou *não é* Celine! Já te disse que eu tenho um bloqueio mental maluco a respeito desse assunto. Barton me recomendou você. Ele disse que você seria um dos melhores.

— Ah, sim, a propósito: também estou trabalhando para o Barton neste exato momento. Tentando localizar um Pardal Vermelho. O que acha disso?

— Escuta, Belane, você resolve essa coisa do Celine, e eu te *conto* onde o Pardal Vermelho está.

— Conta, senhora? Ah, eu faria qualquer coisa por você!

— Tipo o quê, Belane?

— Bem, eu mataria minha barata de estimação por você. Eu daria uma surra de cinta na minha mãe se ela estivesse aqui, eu...

— Pare com essa baboseira. Estou começando a achar que Barton me passou a perna! Bem, é melhor você ir andando. Ou você resolve essa coisa do Celine, ou eu vou atrás de *você*!

— Ei, Madame, espere um minuto!

O telefone estava mudo em minha mão. Coloquei-o de volta no gancho. Uau. Ela não tinha receio algum em partir para cima de mim.

Eu tinha trabalho a fazer.

Procurei ao meu redor uma mosca para matar.

Então a porta se abriu, e lá estava McKelvey ao lado de uma grande pilha de esterco subnormal. McKelvey olhou para mim, então acenou *na direção da pilha*.

— Este é o Tommy.

Tommy olhou para mim com os olhinhos opacos.

— *Prazê envê* — disse.

McKelvey arreganhou-se em um sorriso horrível.

— Agora, Belane, o Tommy está aqui com um único propósito, e esse propósito é reduzir você de forma lenta até titica de galinha sangrenta. Certo, Tommy?

— Aham — respondeu Tommy.

Ele parecia pesar uns cento e setenta quilos. Bem, talvez uns cento e sessenta se você raspasse o pelo.

Dei a ele um sorriso amável.

— Olha aqui, Tommy, você não me conhece, conhece?

— Aham.

— Então por que iria querer me machucar?

— Porque o sr. McKelvey mandou.

— Tommy, se o sr. McKelvey mandasse você beber o seu xixi, você faria isso?

— Ei! — disse McKelvey. — Pare de confundir o meu garoto!

— Tommy, você comeria o cocô da sua mãe só porque o sr. McKelvey mandou você comer o cocô da sua mãe?

— Hã?

— Cala a boca, Belane, aqui quem fala sou eu.

Ele se virou para Tommy.

— Agora, eu quero que você rasgue esse sujeito como um jornal velho, só faça ele em pedacinhos e jogue-o na porra do vento, entendeu?

— Entendi, sr. McKelvey.

— Ótimo, então o que está esperando? A última rosa do verão?

Tommy deu um passo na minha direção. Tirei a Luger da gaveta e a apontei para a imensidão grosseira que ele era.

— Calma aí, Thomas. Ou então vai se manchar de vermelho mais do que as camisetas do time de Stanford.

— Ei — disse McKelvey —, onde você arranjou essa maldita coisa?

— Um detetive sem um ferro é como um tarado com camisinha. Ou como um relógio sem ponteiros.

— Belane — chamou McKelvey —, você só fala besteira.

— Já me disseram. Agora, fala para o seu garoto recuar ou vai passar tanta luz do sol no meio dele que vai dar para jogar uma toranja de um lado a outro.

— Tommy — disse McKelvey —, volte aqui e fique na minha frente.

Eles ficaram lá em pé. Eu tinha de pensar no que fazer com eles. Não foi fácil. Eu nunca havia ganhado uma bolsa de estudos de Oxford. Dormia nas aulas de biologia e era fraco em matemática. Mas havia conseguido ficar vivo até aquele momento.

Talvez.

Enfim, eu estava meio que segurando um ás em alguma espécie de mão de cartas. Tinha de fazer o meu lance. Agora ou nunca. Setembro estava a caminho. Os corvos se reuniam. O sol sangrava.

— Muito bem, Tommy — falei. — Abaixe e fique de quatro! Agora!

Ele olhou para mim como se não escutasse muito bem.

Dei um sorriso pálido e deslizei a trava de segurança da Luger.

Tommy era burro, mas não por completo.

Ele caiu de quatro, sacudindo todo o sexto andar como um terremoto de escala 5,9. Meu falso Dalí caiu no chão. Aquele com o relógio derretido.

Tommy ficou ali, uma massa como o Grand Canyon, e olhou para mim.

— Agora, Tommy — falei —, você vai ser o elefante e McKelvey vai ser o condutor, sacou?

— Hã? — perguntou Tommy.

Olhei para McKelvey.

— Vai! Sobe! Monta!

— Belane, você está maluco?

— Quem sabe? A insanidade é relativa. Quem define a norma?

— Não sei — disse McKelvey.

— *Sobe logo aí!*

— Tá bem, tá bem! Mas eu nunca tive esse tipo de problema com um contrato de aluguel vencido.

— Sobe aí, *babaca*!

McKelvey escalou as costas de Tommy. Teve problemas sérios para passar a perna de um lado para o outro. Quase rasgou a bunda.

— Muito bem — falei. — Agora, Tommy, você é o elefante, e vai carregar o sr. McKelvey nas costas pelo corredor até o elevador. Começando neste exato momento!

Tommy começou a rastejar pelo piso do escritório.

— Belane — disse McKelvey —, eu vou te pegar. Eu juro pelos pentelhos da minha mãe!

— Mexa comigo de novo, McKelvey, e eu vou enfiar o seu pau num triturador de lixo!

Abri a porta e Tommy rastejou para fora com o condutor.

Ele se arrastou pelo corredor e, quando coloquei a Luger de volta no bolso do casaco, senti algo lá dentro, um pedaço de papel amassado. Peguei. Era a prova escrita de meu exame de renovação da carteira de motorista. Cheia de marcas vermelhas. Eu tinha rodado.

Joguei o papel por cima do ombro e segui meus amigos.

Chegamos ao elevador e apertei o botão.

Fiquei lá, em pé, cantarolando um trecho de *Carmen*.

Então, do nada, me lembrei de haver lido muito tempo atrás sobre como acharam Jimmy Foxx morto em um quarto de hotel vagabundo. Todas aquelas grandes jogadas. Morto com as baratas.

O elevador chegou. A porta se abriu e dei um chute na bunda de Tommy. Ele rastejou carregando McKelvey. Havia três pessoas lá dentro, paradas, lendo jornal. Continuaram lendo. O elevador desceu.

Fui pela escada. Eu precisava do exercício, estava uns dez quilos acima do peso.

Contei cento e setenta e seis degraus e cheguei ao primeiro andar. Parei no quiosque de cigarros, comprei um charuto e a *Revista do Turfe*. Ouvi o elevador chegando.

Do lado de fora, avancei resoluto em meio à poluição. Meus olhos eram azuis, meus sapatos eram velhos e ninguém me amava. Mas eu tinha coisas a fazer.

Eu era Nicky Belane, detetive particular.

5

Infelizmente, acabei aquela tarde no hipódromo e, à noite, enchi a cara. Mas não foi tempo perdido; eu estava pensando, analisando os fatos. Estava por dentro da coisa toda. A qualquer momento, desvendaria tudo. Certo que sim.*

---

* Bukowski teve muita dificuldade, na redação de *Pulp*, para conciliar uma trama de crime e mistério ao propósito dele de satirizar justamente os aspectos mais reconhecíveis desse tipo de história. O resultado é um detetive que ora empreende as façanhas dignas desse tipo de personagem, em especial no uso da violência para escapar de encrencas, e ora recai em hábitos melancólicos e/ou preguiçosos que o tornam a verdadeira antítese do que um detetive *hard-boiled* deveria representar em termos de sagacidade e tenacidade. [*N.T.*]

6

No dia seguinte, decidi me arriscar e voltei ao escritório. Afinal, o que é um detetive sem um escritório?

Abri a porta e quem estava lá sentado atrás da minha mesa? Não era Celine. Não era o Pardal Vermelho. Era McKelvey. Ele me deu um sorriso amável e falso.

— Bom dia, Belane. Tudo bem firme por aí?

— Por que a pergunta? Quer dar uma espiada?

— Não, obrigado.

Ele coçou o saco e bocejou.

— Bem, Nicky, meu garoto, seu aluguel foi pago pelo próximo ano por algum misterioso benfeitor.

A Madame Morte, disse uma voz na minha cabeça, *está brincando com você.*

— Alguém que eu conheço? — perguntei.

— Jurei manter segredo pela honra da minha mãe.

— A honra da sua mãe? Ela já estrangulou mais peru que o açougueiro da esquina.

McKelvey se levantou de trás da minha mesa.

— Calma lá — falei —, ou eu acabo com você.

— Não gosto que você mexa com a minha mãe.

— Por que não? Metade dos caras da cidade já mexeu.

McKelvey deu a volta na mesa e veio na minha direção.

— Chegue mais perto — ameacei —, e vou fazer sua cabeça respirar pelo cu.

Ele parou. Eu ficava formidável quando estava puto.

— Tudo bem — falei. — Abra o jogo. Esse benfeitor... era uma mulher, não era?

— Sim, sim. Nunca vi uma gata como aquela!

Seus olhos pareciam vidrados, embora sempre parecessem.

— Vamos lá, Mc. Abre o jogo, me conta mais...

— Não posso. Eu prometi. Honra de mãe.

— Ah, Jesus. — Suspirei. — Ok, sai daqui. Meu aluguel está pago.

McKelvey se arrastou devagar na direção da porta. Então olhou de volta para mim por cima do ombro esquerdo.

— Tudo bem — disse ele. — Mas mantenha o lugar limpo e ajeitado. Sem festas, sem merda de jogatina, sem merda alguma. Você tem um ano.

Ele andou até a porta, abriu, fechou e se foi.

7

Bem, eu estava de volta ao escritório.

Hora de trabalhar. Peguei o telefone e teclei o número do meu agenciador de apostas.

— Tony Pizza para Viagem — disse ao atender —, ao seu dispor.

Dei a ele meu codinome:

— Aqui é o sr. Morte Lenta.

— Belane — disse ele —, você está me devendo quatrocentos e setenta e cinco dólares. Não posso anotar sua aposta, tem de acertar a conta primeiro.

— Eu quero uma aposta de vinte e cinco dólares, que vai inteirar quinhentos. Se eu perder, pago tudo. Pela honra da minha mãe.

— Belane, a sua mãe me deve duzentos e trinta.

— Ah é? E a sua tem verrugas na bunda!

— O quê? Escuta aqui, Belane, você andou...?

— Não, não. Foi outro cara. Ele que me contou.

— Ok, então.

— Tá certo, eu quero vinte e cinco na vitória do Burnt Butterfly no sexto páreo.

— Tá certo. Aceita. E boa sorte. A sua parece estar acabando.

Desliguei. Puta que pariu, um homem nasce para lutar por cada palmo de terreno. Nascido para lutar. Nascido para morrer.

Fiquei pensando naquilo. E continuei pensando.

Então me reclinei na cadeira, dei uma boa tragada no cigarro e soprei um anel de fumaça quase perfeito.

8

Depois do almoço, resolvi voltar ao escritório. Abri a porta e havia um cara sentado atrás da minha mesa. Não era McKelvey. Eu não o conhecia. As pessoas gostavam de se sentar atrás da minha mesa. Além do cara sentado, havia um cara em pé. Pareciam maus; calmos, porém maus.

— Meu nome é Dante — disse o cara atrás da mesa.

— E meu nome é Fante — disse o cara em pé.

Eu não disse nada. Estava tateando às cegas. Um calafrio percorreu minhas costas até o teto.

— Tony nos mandou — disse o cara sentado.

— Não conheço Tony algum. Os senhores estão com o endereço certo?

— Ah, sim — disse o cara em pé.

Então Dante falou:

— Burnt Butterfly não deu nem pra saída.

— Derrubou o jóquei na saída do portão — disse Fante.

— Tá de brincadeira.

— Não estou. Pergunte ao pó.*

---

* Tanto esta frase quanto o nome de um dos capangas, Fante, fazem referência a outro herói literário de Bukowski, John Fante (1909-1983), cujos romances semiautobiográficos protagonizados pelo alter ego Arturo Bandini serviram

— Nem um corpo de vantagem, desvantagem pro seu corpo — disse Dante.

— E Tony disse que você nos deve quinhentos — falou Fante.

— Ah, isso — respondi. — Estão bem aqui...

Eu me mexi na direção da mesa.

— Esqueça, otário. — Dante riu. — Nós confiscamos sua pistola d'água.

Dei um passo para trás.

— Agora — disse Fante —, você entende que não podemos deixar você andar por aí respirando alegremente enquanto deve quinhentos dólares pro Tony?

— Me dê três dias...

— Você tem três minutos — rebateu Dante.

— O que é isso que vocês fazem — perguntei — de falar em jogral? Primeiro Dante, depois Fante, sem parar, vocês nunca quebram o ritmo?

— Estamos aqui para quebrar outra coisa — os dois falaram juntos. — Você.

— Essa foi boa — respondi. — Gostei. Um dueto.

---

de inspiração e modelo para o autor ao longo da carreira e da criação da própria série de aventuras vividas por um avatar literário construído em especial para retratar suas derrotas e decepções no caminho para se tornar um escritor. *Pergunte ao pó* é o nome do mais conhecido romance do ciclo de Bandini, ambientado na década de 1930 e mostrando o personagem como um jovem que luta para se tornar escritor enquanto oscila entre uma timidez e uma falta de jeito quase patológica (inclusive com as mulheres) com uma megalomania interior nascida da certeza de que merece, por ter talento, um futuro glorioso. *Pergunte ao pó* faz parte de um quarteto de obras protagonizadas por Bandini que inclui, ainda, *Espere a primavera, Bandini* (1938), *Rumo a Los Angeles* (publicado de maneira póstuma em 1985) e *Sonhos de Bunker Hill* (1982). O outro capanga, claro, é um aceno a Dante Alighieri, autor de *A divina comédia*, obra-prima universal sobre, entre muitas outras coisas, a escuridão da alma e a redenção pelo amor. [N.T.]

— Cala a boca — disse Dante. Puxou um cigarro e pôs nos lábios. — Humm — continuou —, parece que eu esqueci o meu isqueiro. Vem cá, babaca. Acende o meu cigarro.

— Babaca? Você está falando sozinho?

— Não, com *você*, babaca, vem aqui. Acende o meu cigarro! Agora!

Encontrei meu isqueiro, avancei, parei na frente de um dos rostos mais feios que já tinha visto, acendi, levei a chama até o cigarro.

— Bom garoto — disse Dante —, agora tire o cigarro da minha boca, enfie na sua pelo lado da ponta acesa e o mantenha lá até que eu diga para tirar.

— Ah, tá — falei.

— Ou isso — disse Fante —, ou abrimos um buraco em você grande o suficiente para que as pessoinhas da Disneylândia passem dançando.

— Espera um minuto...

— Você tem quinze segundos — respondeu Dante, pegando o relógio, ajustando o cronômetro, e então: — Agora, contando. Catorze, treze, doze, onze...

— Você não está falando sério.

— Dez, nove, oito, sete, seis, cinco, quatro, três...

Ouvi o clique de uma trava de segurança sendo liberada.

Arranquei o cigarro da boca de Dante e enfiei a ponta acesa na minha. Tentei juntar uma massa de saliva e tirar a língua do caminho, mas não tive sorte, pegou, pegou em cheio, DOEU!!! Foi vil e doloroso! Comecei a engasgar e tive que cuspir o troço.

— Menino mau! — exclamou Dante. — Eu falei para você manter até que eu mandasse tirar. Agora vamos ter que começar tudo de novo!

— Vai se foder — disse —, me mata!

— Ok — falou Dante.

Bem nessa hora, a porta se abriu e Madame Morte entrou. Ela estava um verdadeiro arraso. Quase esqueci da dor na boca.

— Ei — disse Dante —, que gata! Você a conhece, Belane?

— Já nos encontramos.

Ela andou até uma cadeira, sentou-se, cruzou as pernas, a saia subindo. Nenhum de nós conseguia acreditar naquelas pernas. Nem eu, e eu já as tinha visto antes.

— Quem são esses palhaços? — ela me perguntou.

— São os emissários de um cara chamado Tony.

— Livre-se deles. A sua cliente sou *eu*.

— Certo, amigos. É hora de vocês saírem.

— Ah, é? — disse Dante.

— Ah, é? — repetiu Fante.

Eles começaram a rir. Então, ao mesmo tempo, pararam.

— Essa cara é muito engraçado — disse Fante.

— Sim — falou Dante.

— Vou cuidar deles — afirmou Madame Morte.

Ela olhou fixo para Dante. De imediato, ele começou a se inclinar para a frente na cadeira. Começou a ficar pálido.

— Ah, Deus — disse ele —, não estou me sentindo bem...

Ele ficou branco, depois amarelo.

— Estou me sentindo mal — falou —, muito mal...

— Talvez tenham sido aqueles palitos de peixe que você comeu — disse Fante.

— Palitos de peixe, palitos de dente, que seja, eu tenho que dar o fora daqui! Preciso de um médico ou algo assim...

Então eu a vi olhar para Fante. E então Fante disse:

— Estou ficando tonto... O que é isso?... Flashes... Foguetes... Onde estou?

Ele foi em direção à porta, Dante o seguiu. Eles abriram a porta e andaram devagar até o elevador. Saí e os observei entrar.

Eu os vi pouco antes de a porta se fechar. Pareciam horríveis. Horríveis.

Voltei para a sala.

— Obrigado — falei —, você livrou a minha cara...

Olhei em volta. Ela havia ido embora. Olhei embaixo da mesa. Ninguém. Olhei no banheiro. Ninguém. Abri a janela e olhei para a rua. Ninguém. Bem, quer dizer, havia muita gente, mas não ela. Ela poderia pelo menos ter se despedido. Ainda assim, fora uma boa visita.

Dei a volta e me sentei atrás da mesa. Peguei o telefone e disquei o número de Tony.

— Alô? — Atendeu. — Aqui é...

— Tony, aqui é o sr. Morte Lenta.

— O quê? Você ainda consegue falar?

— Estou falando muito bem, Tony. Nunca me senti melhor.

— Não entendo...

— Seus meninos passaram por aqui, Tony...

— E? E?

— Eu os deixei partir numa boa desta vez. Se os mandar aqui de novo, vou levá-los de volta até você.

Ouvi Tony respirando ao telefone. Era uma respiração muito confusa. Então ele desligou. Peguei meio litro de uísque da gaveta de baixo, à esquerda, destampei e tomei um bom gole.

Se você mexia com Belane, estava em apuros. Simples assim.

Fechei a garrafa, coloquei-a de volta na gaveta e me perguntei o que faria a seguir. Um bom detetive sempre tem coisas a fazer. Você já viu nos filmes.

9

Uma batida na porta. Não, foram cinco batidas rápidas, barulhentas, insistentes.

Sempre capto os sinais de uma batida na porta. Às vezes, quando os sinais são ruins, não atendo.

Aquela batida era só meio ruim.

— Entre — disse.

A porta se abriu. Era um homem, de cinquenta e poucos, meio rico, meio nervoso, pés muito grandes, verruga no alto do lado esquerdo da testa, olhos castanhos, gravata, dois carros, duas casas, sem filhos, piscina e spa, aplicava na bolsa e era bastante burro.

Ele só ficou lá parado, suando e me encarando.

— Sente-se — falei.

— Meu nome é Jack Bass — disse ele — e...

— Eu sei.

— O quê?

— Acha que sua mulher anda copulando com alguém ou alguéns.

— Sim.

— Ela tem uns vinte e poucos anos.

— Sim. Quero que você prove que ela está fazendo isso, e aí vou pedir o divórcio.

— Pra quê se dar ao trabalho, Bass? Só peça o divórcio.

— Eu só quero provar que ela... ela...

— Esquece isso. Ela vai levar o mesmo tanto de grana de qualquer maneira. É a Nova Era.

— O que quer dizer?

— É chamado de divórcio sem litígio. Não interessa o que qualquer um faça.

— Como pode?

— Acelera a justiça, esvazia os tribunais.

— Mas isso não é justiça.

— Eles acham que é.

Bass sentou-se na cadeira, suspirando e olhando para mim.

Eu tinha que resolver o caso de Celine e achar o Pardal Vermelho, e ali estava aquela bola flácida de carne preocupada porque a mulher estava trepando com alguém.

Então ele disse:

— Eu só quero descobrir. Só quero descobrir por mim mesmo.

— Não vai sair barato.

— Quanto?

— Seis paus por hora.

— Isso não é muito dinheiro.

— Pra mim é. Tem uma foto de sua esposa?

Ele remexeu na carteira, tirou a foto e a estendeu para mim.

Olhei para ela.

— Meu senhor! É essa a aparência dela mesmo?

— Sim.

— Estou ficando de pau duro só de olhar.

— Ei, não banque o esperto!

— Ah, sinto muito... Mas terei que ficar com esta foto. Devolvo quando acabar.

Coloquei a foto na carteira.

— Ela ainda mora com você?

— Sim.

— E você sai para trabalhar?

— Sim.

— E aí, às vezes, ela...

— Sim.

— E o que faz você pensar que ela...

— Pistas, chamadas de telefone, vozes na minha cabeça, mudança no comportamento, um bom número de coisas.

Empurrei um bloco de anotações na direção dele.

— Escreve aí seu endereço, de casa e do trabalho, e telefone, de casa e do trabalho. Daqui eu assumo. Vou meter na bunda dela. Vou pôr a coisa a nu.

— O quê?

— Estou aceitando o caso, sr. Bass. No momento do clímax, o senhor será informado de modo devido.

— Clímax? — perguntou ele. — Escuta aqui, tudo bem com você?

— Firme e rijo. E quanto a você?

— Ah, sim, estou bem.

— Então não se preocupe, eu sou o cara para isso. Vou meter na bunda dela!

Bass se ergueu devagar da cadeira. Ele se moveu na direção da porta e então se virou.

— Barton recomendou você.

— É isso, então! Boa tarde, sr. Bass.

A porta fechou e ele se foi. Bom e velho Barton.

Tirei a foto da carteira e fiquei lá sentado olhando para ela.

Vadia, pensei. *Sua vadia.*

Levantei e tranquei a porta, depois tirei o fone do gancho. Sentei atrás da minha mesa olhando para a foto.

Vadia, pensei. *Vou comer esse seu rabo! Meter nele. Sem perdão. Vou te pegar de jeito. Vou te pegar de jeito. Puta, vadia, puta!*

Minha respiração ficou pesada. Abri o zíper. E aí veio o terremoto. Larguei a foto e me enfiei debaixo da mesa. Era dos bons. Uns seis na escala. A sensação era de que havia durado alguns minutos. Então parou. Saí rastejando de debaixo da mesa, ainda com o zíper aberto. Peguei a foto outra vez, guardei na carteira, fechei o zíper. O sexo era uma armadilha, uma cilada. Era para animais. Eu tinha bom senso demais para aquele tipo de merda. Pus o telefone de volta no gancho, abri a porta, saí, chaveei e andei até o elevador. Tinha trabalho a fazer. Eu era o melhor detetive de Los Angeles *e* Hollywood. Apertei o botão e esperei pela porra do elevador.

10

Vamos pular o resto do dia e a noite aqui, sem ação alguma, não vale a pena falar a respeito.

11

Na manhã seguinte, oito horas, eu estava dentro do meu Fusca estacionado diante da casa de Jack Bass. Estava de ressaca e lia o *L.A. Times*. De qualquer forma, havia feito um pouco de pesquisa. A esposa de Bass, o primeiro nome era Cindy. Cindy Bass, anteriormente Cindy Maybell. Recortes de jornal me revelaram que ela havia sido vencedora de um concurso de beleza de segunda linha, Miss Chili Cozido de 1990. Modelo, atriz nas horas vagas, gostava de esquiar, estudava piano, gostava de beisebol e de polo aquático. Cor favorita: vermelho. Fruta favorita: banana. Gostava de tirar uns cochilos rápidos. Gostava de crianças. Gostava de jazz. Lia Kant. Claro. Esperava algum dia passar no exame da Ordem etc. etc. Conheceu Jack Bass em uma roleta em Las Vegas. Eles se casaram duas noites depois.

Por volta das oito e meia, Jack Bass saiu da garagem de ré na Mercedes dele e se dirigiu para o cargo executivo na Aztec Petroleum Corp. Agora éramos só eu e Cindy. Eu ia arregaçar com ela. Ela estava à minha mercê. Tirei a foto para conferir mais uma vez. Comecei a suar. Baixei o para-sol. Aquela puta, ela estava sacaneando Jack Bass.

Enfiei a foto de volta na carteira. Estava começando a me sentir mal. O que havia de errado comigo? Aquela mulher estava me afetando? Ela tinha intestinos como todo mundo. Tinha pelos nas narinas. Tinha cera nos ouvidos. Qual era o grande lance? Por que o para-brisa estava ondulando à minha frente como uma grande onda? Devia ser a ressaca. Vodca com cerveja. Uma hora a conta chega. O legal de ser um bêbado, porém, é nunca ter prisão de ventre. Às vezes eu pensava no meu fígado, mas meu fígado nunca falava, nunca dizia: "Pare com isso, você está me matando e eu vou matar você!". Se tivéssemos fígados falantes, não precisaríamos dos Alcoólicos Anônimos.

Fiquei sentado no carro esperando Cindy sair.

Era uma manhã abafada de verão.

Devo ter caído no sono sentado lá. Não sei o que me acordou. Mas lá estava o Mercedes *dela* saindo de ré da garagem. Ela deu a volta, rumou para o sul, e eu a segui. Mercedes vermelha. Eu a segui até a rodovia, a San Diego, ela pegou a pista rápida e acelerou. Bem, ela estava fazendo cem por hora de qualquer maneira. Devia estar com calor. Ela queria. Senti um estremecimento entre as pernas. Uma camada de suor começou a cobrir minha testa. Ela subiu para cento e vinte. Estava no cio, a cadela estava no cio! Cindy, Cindy! Fiquei a uma distância de quatro carros para trás. Eu ia meter na bunda dela, eu ia meter na bunda dela como nunca tinham metido antes! Isso! Caçada e consumação! Eu era Nick Belane, superdetetive!

Daí vi as luzes vermelhas piscando no meu espelho retrovisor.

Merda!

Aos poucos, passei para a pista lenta, vi um acostamento, estacionei o Fusca e saltei. Os policiais pararam à distância de cinco carros atrás. Cada um saiu por um lado. Fui até eles, levando a mão à carteira. O policial alto tirou a arma do coldre e apontou para mim.

— Peraí, amigo!

Eu parei.

— O que você vai fazer, me furar? Vá em frente, vá em frente, *me fure*!

O mais baixo veio por trás de mim, me deu uma chave de braço, me levou até o capô do carro da polícia e me jogou sobre ele.

— Seu bosta! — disse ele. — Sabe o que fazemos com panacas como você?

— Sim, tenho a porra de uma boa ideia.

— Esse panaca é dos espertinhos! — disse o policial baixinho.

— Calma, Louie — disse o policial alto —, alguém pode ter uma filmadora. Este não é o lugar.

— Bill, eu odeio os espertinhos!

— Vamos prendê-lo, Louis. Vamos rebentar com o rabo dele mais tarde.

Eu ainda estava preso sobre o capô. Os carros diminuíam a velocidade na rodovia. Os curiosos estavam boquiabertos.

— Vamos lá, rapazes — falei —, estamos provocando um engarrafamento.

— Acha que damos a mínima? — perguntou Bill.

— Você nos ameaçou, correu em nossa direção levando a mão à cintura! — gritou Louie.

— Eu estava pegando minha carteira. Queria te mostrar minha identidade. Sou um detetive registrado, cidade de Los Angeles. Estava seguindo uma suspeita.

Louie afrouxou o aperto mortal com que segurava meu braço.

— Levante.

— Ok.

— Agora, devagar, pegue a sua carteira e tire de lá sua carteira de motorista.

— Ok.

Entreguei-lhe um pequeno pedaço de papel, dobrado.

— O que diabos é isso? — perguntou ele.

O tira me devolveu o papel.

— Desdobra e me devolve.

Eu fiz isso e disse:

— É uma espécie de licença temporária. Eles levaram a minha antiga quando fui reprovado no teste da carteira de motorista, na prova escrita. Isso aí me permite dirigir até fazer meu próximo teste em uma semana.

— Quer dizer que você rodou no teste?

— Sim.

— Ei, Bill, esse cara rodou no teste de direção!

— O quê? Sério?

— Eu tinha muita coisa na cabeça...

— Parece que você não tem nada na cabeça. — Louie sorriu.

— É pra rir mesmo — disse Bill.

— E você diz que é um detetive registrado? — perguntou Louie.

— Sim.

— Difícil de acreditar.

— Eu estava atrás de uma suspeita quando vocês piscaram as luzes. Eu estava prestes a pegá-la de jeito.

Entreguei a foto a Louie.

— Puta merda! — disse ele.

Ficou olhando para a foto. Era uma imagem de corpo inteiro. Ela estava de minissaia e blusa decotada, bem decotada.

— Ei, Bill, olha isso!

— Eu estava no encalço dela, Bill, eu estava prestes a pegar ela de jeito.

Bill continuou olhando para a foto.

— Uhhh, uhhh, uhhh — disse ele.

— Preciso da foto de volta, seu guarda. Evidência pessoal.

— Ah, sim, claro — falou ele, devolvendo-a com relutância.

— Bem, temos que prender você — afirmou Louie.

— Mas não vamos — disse Bill —, vamos multar você por estar a cem por hora, embora estivesse a cento e vinte. Mas ficamos com a foto.

— O quê?

— Você ouviu.

— Mas isso é extorsão! — protestei.

Bill moveu a mão em direção à arma.

— O que você disse?

— Eu disse "negócio fechado".

Devolvi a foto a Bill. Ele começou a preencher a multa por excesso de velocidade. Fiquei lá esperando. Então ele me entregou o talão.

— Assine.

Assinei.

Ele destacou a multa e me entregou.

— Você tem dez dias para pagar ou, se alegar inocência, comparecer ao tribunal conforme indicado.

— Obrigado, seu guarda.

— E dirija com cuidado — disse Louie.

— Você também, amigo.

— O quê?

— Eu disse "claro".

Eles voltaram para o carro. Andei em direção ao meu. Entrei, liguei o motor. Eles ficaram parados lá atrás. Entrei no fluxo de trânsito e fiquei a oitenta.

Cindy, pensei, *agora você vai me pagar de verdade! Eu vou meter nessa sua bunda como nunca meteram antes!*

Cheguei ao desvio da Harbor Freeway, peguei a 110 South e continuei dirigindo, mal sabendo para onde ia.

12

Segui pela Harbor Freeway até o fim. Estava em San Pedro. Desci a Gaffey, virei à esquerda na Seventh, rodei alguns quarteirões, virei à direita na Pacific, segui dirigindo, vi um bar, O Porco Sedento, estacionei, entrei. Estava escuro lá dentro. TV desligada. O garçom era um cara velho, parecia ter oitenta anos, todo branco, cabelo branco, pele branca, lábios brancos. Dois outros velhos estavam sentados lá, brancos como giz. Parecia que em todos o sangue havia parado de correr. Eles me lembravam moscas em uma teia de aranha, sugadas até ressecar. Nenhuma bebida à vista. Todos imóveis. Uma quietude branca.

Fiquei parado na porta olhando para eles.

Enfim o barman fez um som:

— Auuss...?

— Alguém por aqui viu Cindy, Celine ou o Pardal Vermelho? — perguntei.

Eles só olharam para mim. A boca de um dos fregueses se abriu na forma de um pequeno buraco úmido. Ele estava tentando falar. E não conseguia. O outro freguês se abaixou e coçou as bolas. Ou o lugar onde as bolas costumavam estar. O barman permaneceu imóvel. Parecia uma figura recortada em papelão. Uma das antigas. De repente, me senti jovem.

Avancei e me sentei em um banco no balcão.

— Alguma chance de eu conseguir uma bebida por aqui? — perguntei.

— Auuss... — disse o barman.

— Vodca 7, esquece o limão.

Agora, enfie quatro minutos e meio na bunda e esqueça. Foi esse o tempo que o barman levou para me atender.

— Obrigado — disse. — Agora, por favor, me faça outro enquanto você ainda está se mexendo.

Dei um gole na bebida. Não estava ruim. Ele tinha a manha.

Os dois velhos ficaram sentados olhando para mim.

— Bom dia, não é, camaradas? — perguntei.

Não responderam. Tive a sensação de que não estavam respirando. Não se enterram mais os mortos?

— Escutem, amigos, quando foi a última vez que algum de vocês baixou uma calcinha?

Um dos caras mais velhos começou:

— He, he, he, he!

— Ah, ontem à noite, hein?

— He, he, he, he!

— Foi bom?

— He, he, he, he!

Eu estava ficando deprimido. Minha vida não parecia ir a lugar algum. Eu precisava de algo, o piscar das luzes, glamour, alguma maldita coisa. E ali estava eu, conversando com os mortos.

Terminei minha primeira bebida. A segunda chegou.

Dois caras entraram pela porta usando balaclavas.

Engoli a segunda bebida.

— *Muito bem! Ninguém faz merda nenhuma! Carteiras, anéis e relógios no balcão! Já!* — gritou um cara.

O outro pulou por cima do balcão e correu para a caixa registradora. Deu uma porrada nela.

— *Ei! Como é que abre essa porra?*

Ele olhou em volta, viu o garçom.

— *Ei, vovô! Vem aqui e abre essa coisa!* — gritou, e então apontou a arma para ele.

De repente, o garçom sabia se mexer. Em um piscar de olhos, estava no caixa e o abriu.

O outro cara estava colocando em um saco as coisas que havíamos colocado no balcão.

— *Pega a caixa de charutos! Debaixo do balcão!* — ele gritou para o parceiro.

O cara atrás do bar enfiava o dinheiro da caixa registradora em um saco. Encontrou a caixa de charutos. Estava lotada. Ele a enfiou no saco e pulou por sobre o balcão.

E aí, por um momento, os dois ficaram ali parados.

— *Tô me sentindo meio maluco!* — disse o cara que havia pulado por cima do balcão.

— Esquece, vamos embora! — falou o outro.

— *Eu tô maluco!* — gritou o primeiro, e apontou a arma para o barman. Disparou três tiros. Todos na barriga. O velho estremeceu três vezes e caiu.

— *Seu idiota! Por que fez isso?* — bradou o cúmplice.

— *Não me chama de idiota! Eu vou te matar também!* — exclamou ele, então se virou e apontou a arma para o parceiro.

Tarde demais. O tiro entrou pelo nariz dele e saiu pela nuca. Ele caiu derrubando um banquinho do balcão. O outro saiu correndo pela porta. Contei até cinco e corri atrás dele. Os dois velhos ainda estavam vivos quando saí. Eu acho.

Logo eu estava no meu carro. Saí do meio-fio, rodei um quarteirão, virei à direita e desci uma rua secundária. Então diminuí a velocidade e segui em frente. E aí ouvi uma sirene. Acendi um cigarro no isqueiro do painel e liguei o rádio. Tocava um rap. Eu não conseguia entender o que o cara estava declamando.

Não sabia se voltava para casa ou para o escritório.

Acabei em um supermercado empurrando um carrinho. Comprei cinco toranjas, um frango assado e uma salada de batata. Uma garrafa de vodca e um pouco de papel higiênico.

13

Voltei ao meu apartamento. Lancei-me no frango e na salada de batata. Rolei uma toranja pelo tapete. Estava frustrado. Tudo me derrotava.

Aí o telefone tocou. Cuspi uma asa de frango malcozida e atendi.

— Sim?

— Sr. Belane?

— Sim?

— O senhor ganhou uma viagem grátis para o Havaí — disse alguém.

Desliguei. Fui até a cozinha e servi um pouco de vodca e água mineral com um toque de molho de pimenta. Sentei com minha bebida, tomei um gole, e então alguém bateu à porta. Senti uma vibração ruim na batida, mas fui em frente de qualquer jeito e disse:

— Entra.

Para meu grande arrependimento, era meu vizinho do 302, o carteiro. Os braços dele sempre pendiam de forma engraçada. A mente também. Os olhos nunca olhavam para você, mas para algum lugar acima da sua cabeça. Como se você estivesse lá atrás em vez do lugar onde você estava. Havia algumas outras coisas erradas com ele também.

— Ei, Belane, tem uma bebida pra mim?

— Na cozinha, sirva-se.

— Certo.

Ele foi até a cozinha, assobiando "Dixie".

Voltou gingando, com uma bebida em cada mão. Sentou na minha frente.

— Não queria que faltasse — falou, apontando para as bebidas dele.

— Sabe — informei a ele —, eles vendem essas coisas em todo lugar. Você deveria fazer um estoque.

— Esqueça isso... olha, Belane, estou aqui para falar sério.

Ele esvaziou a bebida da mão direita e quebrou o copo jogando-o contra a parede. Aprendeu isso comigo.

— Olha, Belane, estou aqui para colocar nós dois no caminho para a glória fácil.

— Claro — falei —, vamos ouvir.

— Loco Mike. Correu outro dia. Velocidade igual à da língua de um leproso nas tetinhas de uma virgem. Correu o primeiro quarto de milha em 21.0. Queimou a pista na reta final com uma vantagem de cinco corpos, vinte mil dólares de prêmio, só perdeu por um corpo e meio. Agora ele está descendo para quinze mil. Um coelho numa corrida de vinte jardas. Tudo o que vão ver é o cu dele. A *Revista do Turfe* dá cotação de quinze por um! Um roubo! Estou botando você na jogada, amigão!

— Por quê? Por que não pega *tudo* pra você?

Ele esvaziou a outra bebida. Olhou ao redor. Ergueu o copo.

— Segura a onda! — falei. — Quebra esse copo e vai ganhar um segundo cu.

— Hã?

— Pense um pouco.

O carteiro baixou o copo em silêncio.

— Tem algo mais pra beber?

— Você já sabe. Sirva um pra mim também.

Ele foi até a cozinha. Eu me senti perdendo a paciência de forma gradual. Ele voltou e me entregou uma bebida.

— Peraí — disse. — Vou ficar com a sua.

— Por quê?

— É mais forte.

Ele me entregou a outra bebida e se sentou.

— Agora, Mala Postal, como eu falei: por que me colocar na jogada?

— Bem... Ah... — falou ele.

— É, continue.

— Estou meio curto de grana. Não tenho nada pra casar. Mas depois de ganharmos, posso pagar você com os lucros.

— Não gosto de como isso soa.

— Olha, Belane, eu só preciso de uns trocados.

— Quanto?

— Vinte paus.

— Isso é dinheiro pra caralho.

— Dez paus.

— Dez paus, porra?

— Ok, cinco.

— O quê?

— Dois paus.

— Te manda daqui!

Elc esvaziou a bebida e se levantou. Eu terminei a minha. Ele ficou lá parado.

— Como essas toranjas todas foram parar no chão?

— Porque é assim que eu gosto delas.

Eu me levantei e fui na direção dele.

— Hora de ir, parceiro.

— Hora de ir, é? Eu vou quando estiver pronto pra ir!

As bebidas o haviam deixado abusado. Acontece.

Enfiei meu punho na barriga dele. Eu estava usando meu soco inglês. Porra, quase atravessei ele direto.

Ele caiu.

Cheguei perto e peguei alguns cacos de vidro do chão. Voltei, abri a boca dele e joguei os cacos lá dentro. Esfreguei as bochechas dele e lhe dei uns tapas. Os lábios ficaram mais vermelhos.

Então fui tratar da birita. Presumo que cerca de 45 minutos tenham se passado até que o carteiro começou a se mover. Ele rolou, cuspiu um caco de vidro e começou a se arrastar na direção da porta. Parecia lamentável. Rastejou até a porta. Abri, e ele se arrastou para fora e para baixo em direção ao apartamento dele. No futuro, eu teria que ficar de olho nele.

Fechei a porta.

Sentei e achei meio charuto apagado no cinzeiro. Acendi, dei uma tragada, engasguei. Tentei de novo. Não era tão ruim.

Estava introspectivo.

Decidi não fazer mais nada naquele dia.

A vida desgastava um homem, tornava-o ralo.

Amanhã seria melhor.

14

No dia seguinte, voltei à livraria do Ruivo. Estava de novo no caso do Celine. O hipódromo estava fechado e era um dia nublado. Ruivo remarcava os preços de alguns itens raros.

— Que tal uma passada no Musso's? — perguntou.

— Não posso, Ruivo. Parece que ando comendo o tempo todo. Olha pra mim.

Abri o casaco. Minha pança estava forçando a camisa. Um botão havia saltado.

— É melhor fazer uma lipo nessa banha ou vai ter um ataque cardíaco. Eles sugam a gordura por um tubo. Você pode colocar num vidro e olhar para ela, vai te lembrar de ficar longe dos donuts de geleia.

— Vou pensar nisso. Quer uma toranja?

— Toranja? Isso não engorda.

— Eu sei, mas tropecei em uma quando me levantei hoje de manhã. São um perigo.

— Mas onde você dorme, na geladeira?

Suspirci.

— Olha, vamos mudar de assunto. Sabe aquele cara que parece com o Celine?

— Ah, ele...

— Ele esteve por aqui nos últimos dias?

— Não desde que você esteve aqui. Está caçando aquele pássaro?

— Pode-se dizer que sim.

E aí, assim, do nada, ele entrou. Celine.

Passou por nós, andou pelo corredor e pegou um livro.

Cheguei perto dele. Bem perto. Ele estava com o exemplar autografado de *Enquanto agonizo*. Então ele me notou.

— Nos velhos tempos — disse ele —, as vidas dos escritores eram mais interessantes do que a prosa deles. Hoje, nem as vidas nem a prosa são interessantes.

Ele deslizou Faulkner de volta para a estante.

— Você mora por aqui? — perguntei.

— Talvez. E você?

— Você já teve um sotaque francês, não? — perguntei.

— Talvez. E você?

— Ah, nada do tipo. Escute, alguém já disse que você se parece com outra pessoa?

— Todos nós nos parecemos mais ou menos com alguém. Ei, tem um cigarro?

— Claro.

Peguei meu maço.

— Por favor — disse ele —, pegue um e acenda. Vai manter você ocupado.

Ele começou a se afastar.

Acendi o cigarro, dei uma tragada. Então o segui. Balancei a cabeça em um aceno de despedida para o Ruivo e saí para a rua. Bem a tempo de ver Celine entrar em um Fiat 89 no meio-fio. E o que estava estacionado logo atrás? Meu Fusca, parado bem na traseira dele. Que sorte! Vou te contar sobre foder com as probabilidades. Primeira vez em meses que eu havia encontrado um espaço naquela calçada para estacionar. Entrei no carro, dei a partida e o segui.

Ele foi para o leste, descendo o Hollywood Boulevard.

Madame Morte, pensei, *olhe pra mim, a seu serviço*.

Quase o perdi no semáforo seguinte, mas cruzei rápido no início de um sinal vermelho. Nenhum problema, a não ser por uma velhinha que me xingou em um Cadillac. Sorri.

Logo Celine e eu estávamos na Hollywood Freeway enquanto o sol queimava por entre as nuvens. Mantive-o à vista. Eu me sentia bem. Talvez sugassem minha banha por um tubo. Eu ainda era um homem jovem. Com a vida pela frente.

E aí Celine entrou na Harbor Freeway.

E aí ele entrou na Santa Monica.

E aí ele entrou na San Diego. Sul.

E aí Celine pegou um desvio e eu o segui. O território parecia familiar. Torcia para que ele não estivesse olhando muito para o retrovisor. Então o vi reduzir a velocidade, encostar e parar. Deslizei para o meio-fio, estacionei e fiquei de olho.

Ele saiu do carro e caminhou diante de algumas casas, depois atravessou a rua enquanto olhava para trás. Parou, olhou ao redor outra vez, então subiu a calçadinha de acesso a uma casa. Pisou na entrada, olhou em volta e bateu. Era uma casa grande e parecia familiar.

A porta abriu e Celine entrou.

Dei a partida e dirigi devagar. Era a casa de Jack Bass. Diga isso bem rápido. Eram só duas e meia da tarde. O Mercedes vermelho de Cindy estava estacionado na entrada.

Dei a volta na quadra e estacionei no lugar da primeira vez.

Eu ia matar dois coelhos com uma cajadada só. Ia desmascarar Celine e meter na bunda da Cindy.

Daria a eles algum tempo. Dez minutos.

Quando eu estava no primário, uma professora nos perguntou: "O que vocês querem ser quando crescer?". E quase todos os meninos disseram que queriam ser bombeiros. Isso era burrice, você podia se queimar. Uns poucos disseram que queriam ser médicos ou advogados, mas ninguém disse "Quero ser detetive". E agora, aqui estava eu. Ah, quando ela me perguntou, eu disse: "Não sei...".

Os dez minutos se passaram. Peguei minha filmadora, abri a porta do carro com um chute e fui até a casa. Tremia um pouco. Respirei fundo e me aproximei da porta. A fechadura não foi problema. Em quarenta e cinco segundos, eu estava dentro.

Andei pelo corredor, e então ouvi vozes. Fui até uma porta. Eles estavam lá. Eu ouvia as vozes. Em tom baixo. Empurrei um pouco a porta e fiquei na escuta.

Ouvi Celine.

— Você precisa disso... sabe que sim...

— Eu... — Era Cindy. — Não sei... Imagina se o Jack descobre?

— Ele nunca vai saber...

— Jack é um homem violento...

— Ele nunca vai saber. É pro seu bem...

Cindy riu.

— Pro meu bem...? Você não vai ganhar nada com isso?

— Claro que sim... Aqui, aqui, olha, pega... É um começo...

Esperei alguns segundos, então chutei a porta e entrei com a câmera. Estava ligada e com o foco ajustado.

Eles estavam sentados a uma mesinha de centro e Cindy parecia assinar alguns papéis. Ela ergueu os olhos e gritou.

— Ah, merda — falei.

Baixei a filmadora.

— Que merda é essa? — perguntou Celine. — Você conhece esse cara?

— Nunca o vi antes!

— Eu já vi — disse Celine. — Ele anda pela livraria me fazendo perguntas estúpidas.

— Vou chamar a polícia — avisou Cindy.

— Peraí — interrompi —, posso explicar tudo!

— É melhor que seja uma boa explicação — disse Cindy.

— É melhor mesmo — ecoou Celine.

Eu não conseguia pensar em nada. Só fiquei lá parado.

— Vou chamar a polícia — disse Cindy. — Agora!

— Espera — pedi. — Seu marido, Jack Bass, ele me contratou. Sou um detetive.

— Te contratou? Pra quê?

— Pra meter na sua bunda.

— Pra meter na minha bunda?

— Isso.

— Eu estava só tentando vender uma apólice de seguro para esta senhora — explicou Celine —, e você invadiu com a sua câmera.

— Desculpe. Foi um erro. Por favor, permita-me corrigi-lo.

— Como diabos você vai corrigir? — indagou Celine.

— Ainda não sei. Sinto muitíssimo. Vou encontrar algum jeito de compensar. É sério.

— Esse cara é um idiota — disse Cindy. — Um caso psiquiátrico.

— Desculpe, mas vou ter que sair agora. Entro em contato para discutir isso tudo.

— Vamos te entregar para a polícia! — declarou Cindy.

— Tenho que ir — falei.

— Ah, não! — exclamou Cindy. — Você não vai a lugar algum.

Ela tocou uma campainha quando me virei para passar pela porta. E lá estava uma imitação razoável do King Kong. Era monstruoso. Moveu-se devagar na minha direção.

— Ei, rapaz — chamei —, gosta de doces?

— Seu merda — disse ele —, você é o meu doce!

— E que tal um brinquedo? De que tipo de brinquedo você gosta?

O King Kong ignorou a provocação. Virou-se para Cindy.

— Quer que eu mate ele?

— Não, Brewster. Apenas dê um jeito nele para que não possa andar muito bem por algum tempo.

— Ok.

Ele veio na minha direção.

— Brewster — comecei —, em quem você votou para presidente?

— Hã?

Ele parou para pensar.

Peguei a filmadora e atirei direto na área de lazer dele. Pegou em cheio. Ele se curvou, com a mão nas partes. Corri para a frente, peguei a filmadora e bati com ela na nuca dele. Ouvi som de vidro se quebrando.

O King Kong desabou. Caiu de cara no sofá, desmaiado. Metade do corpo estava no sofá, a outra parte em algum outro lugar.

Dei um passo à frente e peguei o que restava da câmera de vídeo.

Olhei para Cindy.

— Ainda vou meter na tua bunda.

— Esse homem é louco! — gritou ela.

— Acredito que você esteja certa — disse Celine.

Dei meia-volta e me mandei dali.

Outro dia perdido.

15

No dia seguinte, eu estava no meu escritório. Tudo parecia ter chegado a um beco sem saída. Havia sido uma noite terrível, eu tinha tentado beber até apagar. Mas as paredes do meu apartamento eram finas. Eu ouvia tudo o que rolava no vizinho.

— Ei, amor, meu peru pescoçudo está cheio de pasta branca pegajosa, e eu tenho de me livrar disso ou vou acabar tendo um derrame ou coisa parecida!

— Problema seu, cara.

— Mas nós somos casados!

— Você é feio demais.

— O quê? Você nunca me disse isso.

— Acabei de decidir.

— Bem, o creme está subindo até minhas orelhas, gracinha! Tenho que fazer alguma coisa.

— Vai fazer sem mim, seu punheteiro!

— Ok, ok, cadê a gata?

— A gata? Ah, não, seu canalha. *A Sininho, não!*

— Cadê o diabo da gata? Acabei de vê-la faz só um minuto!

— Não se atreva! Não se atreva! *A Sininho não!*

Não consegui apagar de bêbado. Só fiquei sentado lá, enxugando. Sem sorte.

E agora, como eu disse, era a manhã seguinte, de volta ao escritório. Eu me sentia um completo inútil. Eu era inútil. Bilhões de mulheres lá fora e nenhuma delas estava a caminho da minha porta. Por quê? Eu era um perdedor. Um detetive que não conseguia solucionar nada.

Observei a mosca rastejando pela minha mesa e me preparei para enviá-la à escuridão.

Então houve um raio de luz.

Pulei.

Celine estava vendendo *seguro* para Cindy! *Seguro de vida* de Jack Bass! Agora eles iam tirá-lo da jogada, fazer tudo parecer um acidente! Eles estavam nessa juntos! Eu os havia agarrado pelas bolas. Bem, eu tinha agarrado Celine pelas bolas, e a Cindy... bem, eu ia meter na bunda dela. Jack Bass estava em apuros. E a Madame Morte queria Celine. E o Pardal Vermelho ainda não havia sido encontrado. Mas eu me sentia caminhando em direção a algo. Algo grande. Tirei a mão do bolso e peguei o telefone. Então o larguei. Para quem diabos eu achava que ia ligar? Eu sabia que horas eram. E Jack Bass estava em apuros. Eu tinha que pensar. Tentei pensar. A mosca ainda estava rastejando sobre a mesa. Enrolei a *Revista do Turfe*, dei uma lapada e errei. Não era o meu dia. Minha semana. Meu mês. Meu ano. Minha vida. Maldição.

Sentei de volta na minha cadeira. Nascido para morrer. Nascido para viver como um esquilo assustado. Onde estavam as coristas? Por que eu sentia como se estivesse no meu próprio funeral?

A porta se abriu. E lá estava Celine.

— Você — falei. — Tinha que ser você.

— Conheço essa música* — respondeu ele.

— Você nunca bate na porta?

— Depende — falou Celine. — Se importa se eu me sentar?

— Me importo, mas vá em frente.

Ele estendeu a mão até a minha caixa de charutos, pegou um, desembrulhou, mordeu a ponta, sacou um isqueiro, acendeu, chupou, depois expeliu uma linda baforada.

— Sabia que vendem essas coisas? — comentei.

— E o que é que não vendem?

— Ar. Mas ainda vão vender. Agora, o que você quer?

— Bem, meu bom camarada...

— Corta essa.

— Tudo bem, tudo bem... Bem, vamos ver...

Celine colocou os pés sobre a minha mesa.

— Sapatos bonitos, esses aí — comentei. — Comprou na França?

— França, Frufru, quem se importa?

Ele soltou outra baforada.

— Por que está aqui? — perguntei.

— Uma boa pergunta — disse ele —, que vem trovejando através dos séculos.

— Trovejando?

— Não seja tão exigente, pelo amor de Deus. Você age como um cara que teve uma infância infeliz.

Bocejei.

* No original, "It Had to Be You" é também o nome de um dos grandes *standards* da canção popular norte-americana, composta por Isham Jones e Gus Khan, lançada pela primeira vez em 1924 e regravada uma infinidade de vezes desde então por nomes como Frank Sinatra, Billie Holliday, Barbra Streisand e Tony Bennett, entre muitos outros. [*N.T.*]

— Bem — continuou ele —, o lance é o seguinte. Você está atolado na merda em pelo menos duas acusações. Invasão de domicílio. Agressão com lesão corporal...

— O quê?

— O Brewster virou um eunuco. Você esmagou as bolas dele com a sua filmadora. Elas parecem um par de figos secos. Ele pode cantar ultrassoprano agora.

— E?

— Nós sabemos o paradeiro do suspeito de invadir a casa e de eliminar a masculinidade de outrem.

— E?

— E é possível que a polícia seja informada.

— Tem alguma prova?

— Três testemunhas.

— Isso é bastante.

Celine baixou os pés, se inclinou para perto de mim sobre a mesa, olhando direto nos meus olhos.

— Belane, preciso de dez mil emprestados.

— Saquei. *Saquei. Chantagem! Seu porco! Chantagem!*

Percebi que estava ficando animado. A sensação era muito boa.

— Não é chantagem, babaca. Estou só pedindo um empréstimo de dez mil. Um empréstimo, entendeu?

— Um empréstimo? Tem algo para dar em garantia?

— Claro que não.

Levantei atrás da mesa.

— *Seu verme desgraçado. Acha que eu vou aceitar isso quieto?*

Contornei a mesa na direção dele.

— *Brewster!* — gritou. — *Agora!*

A porta se abriu e por ela passou meu velho amigo Brewster.

— Olá, sr. Belane — disse ele, em um falsete muito agudo. Mas que não o tornava menor. Era o maior filho da puta que eu já havia visto. Dei a volta por trás da mesa, abri a gaveta e tirei minha .45*. Apontei para ele.

— Filhinho — falei —, essa coisa aqui pode parar um trem! Quer fingir que é um? Vamos, vamos, piuíííííííí! Corra pelos trilhos na minha direção! Vou te descarrilhar! Vamos, piuíííííííí! Vamos!

Soltei a trava de segurança e apontei para a barriga enorme dele.

Brewster parou.

— Não gosto deste jogo...

— Ok — falei. — Está vendo aquela porta ali?

— Aham...

— É a porta do banheiro. Quero que você entre lá e sente no vaso. Não dou a mínima se você vai baixar ou não as calças. Mas quero que você entre lá e sente no vaso até eu mandar você sair!

— Ok.

Ele foi até a porta, abriu, fechou e ficou lá dentro. Que massa lamentável de um nada perigoso. Então apontei a .45 para Celine.

— Você — falei.

* Em algum momento entre o capítulo 8 e este trecho, a arma de Belane simplesmente deixa de ser uma Luger — cujo calibre padrão é nove milímetros — para virar, sem muitas explicações, uma pistola .45. Seria possível pensar que a Luger original havia sido confiscada pelos dois capangas, Fante e Dante, e, por não ter sido devolvida naquela cena, foi levada quando ambos foram expulsos do escritório por Madame Morte, sendo a .45, portanto, outra arma que Belane arranjou ou já tinha em algum outro lugar. Mas, em passagens posteriores, não só a Luger volta a aparecer sem explicação como também outra arma, calibre .32, surge do nada. Um indício de que pode ter sido uma tirada sarcástica do autor com um dos clichês do gênero *noir*: armas que surgem de inopino para impulsionar a trama. Ou isso ou Bukowski se perdeu nas reviravoltas rocambolescas da própria narrativa. [*N.T.*]

— Você está fodendo tudo, Belane.

— Eu sempre fodo tudo. Agora, você, entra lá com o seu menino. Vai em frente, agora... se mexe!

Celine apagou o charuto e se dirigiu devagar para a porta do banheiro. Eu o segui com a .45.

— Entra aí!

Ele entrou e fechou a porta. Peguei a chave e a tranquei. Depois fui até minha mesa e comecei a empurrá-la, devagar, na direção da porta do banheiro. Era uma mesa bem pesada. Tive de ir centímetro por centímetro. Foi um inferno. Demorei dez minutos para avançar uns cinco metros. Então a empurrei direto contra a porta.

— Belane. — Ouvi Celine dizer através da porta. — Você deixa a gente sair agora e estamos quites. Nem vou precisar do empréstimo. Não vou procurar os canas. Brewster não vai te machucar. E eu cuido da Cindy.

— Ei, benzinho — respondi. — *Eu* cuido da Cindy. Vou meter na bunda dela.

Deixei-os lá. Tranquei a porta do escritório, cruzei o corredor e desci pelo elevador. De repente, eu me sentia melhor a respeito de tudo. O elevador chegou ao térreo e saí para a rua. O primeiro mendigo que trombou comigo levou um dólar. Eu disse ao segundo mendigo que já havia dado um dólar ao outro. Com o terceiro mendigo a mesma coisa etc. Não havia nem neblina aquele dia. Eu avançava com um propósito. Já havia escolhido o almoço: camarão com fritas. Meus pés tinham uma aparência ótima andando pela calçada.

16

Depois do almoço, estacionei a meia quadra da casa de Cindy. Lá estava a Mercedes vermelha no pátio da frente. Era provável que ela estivesse esperando Celine e Brewster voltarem. Que pena. Liguei o rádio no noticiário.

— Seu idiota — uma voz veio do rádio —, você não está fazendo progresso algum!

— Quem, eu? — perguntei.

— Você é o único sentado aí, não é?

Olhei em volta.

— Sim — disse. — Sou o único.

— Então mexe essa bunda!

Era a voz da Madame Morte vindo do rádio.

— Ouça, benzinho, estou trabalhando no caso agora. Estou de tocaia.

— Quem você está tocaiando?

— Uma ligação do Celine. Conecta todas as pontas.

— Como as dos seus cadarços. Cadê o Celine?

— Em um banheiro com um eunuco de duzentos quilos.

— E o que ele está fazendo lá?

— Estou deixando ele esfriar a cabeça.

— Não o quero ferido. Ele é meu.

— Não vou feri-lo, gata. Palavra de cavalheiro.

— Às vezes, Belane, acho que você é uma espécie de debiloide.

— *Câmbio e desligo!* — gritei e desliguei o rádio.

Fiquei ali sentado olhando para o Mercedes vermelho e pensando em Cindy. Eu tinha minha minicâmera reserva comigo. Comecei a me sentir ansioso por ação. Ocorreu-me o pensamento de que eu poderia me esgueirar pelo local e pescar alguma coisa. Talvez tropeçasse em alguma pista. Claro, era perigoso. Plena luz do dia. Mas eu desabrochava no perigo. Fazia minhas orelhas formigarem e meu cu apertar. Só se vive uma vez, certo? Quer dizer, exceto o Lázaro. Pobre otário, teve que morrer duas vezes. Mas eu era Nick Belane. Você só tinha uma volta no carrossel. A vida era para os ousados.

Saí do carro com minha minicâmera. Também carregava minha maleta como disfarce. Quebrei o chapéu-coco sobre o olho esquerdo e avancei até a casa. Meu sensor interno estava ligado por completo. Alguma coisa estava acontecendo naquela casa. Eu podia sentir com força. Cheguei a morder a língua de excitação. Cuspi um pouco de sangue e fui até a porta. De novo, não foi problema. Quarenta e sete segundos e eu estava dentro.

Atravessei o corredor com as orelhas em pé. Comecei a pensar que estava ouvindo vozes. E estava. Um homem e uma mulher. Parei na parte de baixo da escadaria. Sim, as vozes vinham do andar de cima. Fui subindo a escada devagar. Ouvia as vozes com mais nitidez. A única que reconheci foi a de Cindy. Continuei avançando, então parei diante da porta. Era, claro, a porta de um quarto. Colei a orelha.

Ouvi Cindy rindo.

— O que você pensa que vai fazer com essa coisa?

— Um palpite, gata! Estou esperando há muito tempo.

— Bem, você veio ao lugar certo, garotão!

— Vou montar você até o inferno e de volta, gostosa!

— Ah, é?

— Piranha!

Ouvi Cindy rir outra vez. Então tudo ficou quieto. E permaneceu quieto por um longo tempo. Então começou a ficar barulhento. Eu ouvia respiração ofegante e um leve som de batida, além do movimento das molas da cama.

— Ah! — Era Cindy. — Ah, meu Deus!

Pus a maleta no chão, liguei a câmera e chutei a porta.

— *Meti na tua bunda!*

— O *quê?* — O cara olhou para trás de sua posição. As pernas de Cindy desceram e ela *gritou*.

O cara saltou para o chão e me encarou. Filho da puta gordo horrível.

— *Que porra é essa?* — gritou ele.

Era Jack Bass. Meu senhor, era Jack Bass!

Eu me virei e corri escada abaixo.

— *Puta merda!* — gritei.

Corri na direção da porta. Enquanto a abria, pelo canto do olho, pude ver Jack Bass parado lá, as bolas de fora. Ele tinha um objeto na mão. Uma arma. Ele disparou. A bala fez o chapéu girar na minha cabeça. Ele atirou de novo. Senti a morte passar perto do meu ouvido direito. E aí eu estava correndo pela calçada. Atravessei a rua em direção ao meu carro. Tarde demais, vi algo no caminho: um velho pedalando uma bicicleta e comendo uma maçã. Passei por cima dele, deixando-o retorcido no asfalto debaixo das rodas da bicicleta, ainda girando.

Entrei no Fusca como um raio. Saí cantando pneu no meio-fio. O velho ia se levantando devagar. Desviei para não bater nele, cruzei o meio-fio e subi na calçada. Passei a toda pela casa de Jack Bass. Ele estava parado na entrada, ainda com as bolas de fora, e disparou mais três tiros. Um furou o macaco pendurado no meu espelho retrovisor. O segundo passou entre mim e o nada. E o terceiro atravessou a parte de trás do banco da frente, no lado do passageiro, e atingiu o porta-luvas, abrindo um buraco.

Escapei de lá. Ziguezagueei para cima e para baixo por meia dúzia de ruas laterais, então encontrei uma avenida e dirigi com o tráfego. Era um típico dia em Los Angeles: neblina de poluição, sol fraco e meses sem chuva.

Estacionei em um McDonald's, pedi um lanche de frango, batata grande e um café.

17

Voltei para o escritório. Brewster e Celine tinham fugido do banheiro. A porta havia sido arrombada. Empurrei minha mesa de volta para o lugar. Levei quinze minutos.

Sentei e tentei juntar as peças.

Agora todo mundo estava atrás de mim: Celine, Brewster, Cindy, Jack Bass e a Madame Morte. Talvez até Barton. Eu não tinha mais certeza de quem eram meus clientes ou se ainda tinha algum.

Podia ser preso por vários delitos recentes. Ou alguém poderia vir me pegar. O escritório era um lugar perigoso para ficar. Examinei meu coldre com a .45. Ainda lá. Belezinha. Bem, eles não iriam me fazer fugir do meu próprio escritório. Um detetive sem escritório não era um detetive.

E eu não sabia se Celine *era* Celine e não havia encontrado o Pardal Vermelho. Nada estava avançando.

Havia sido um longo dia. Coloquei os pés em cima da mesa, recostei-me na cadeira e fechei os olhos. Não demorou e dormi.

No meu sonho, eu estava sentado em um bar vagabundo. Tomava um uísque duplo com soda. Era a única pessoa no bar, exceto pelo garçom, que parecia bastante indefinido. Ele só ficava em pé do outro lado do balcão lendo o *National Enquirer*. Então um tipo de verdade horrível e desleixado entrou. Ele precisava fazer a barba, precisava cortar o cabelo, precisava tomar um banho. Vestia um impermeável amarelo sujo que chegava até os sapatos. Sob a capa, via-se uma camiseta branca e uma gravata laranja desbotada. Ele veio na minha direção como um peido fedido. Sentou no banquinho ao lado do meu. Tomei um gole da minha bebida. O garçom olhou. Trocou um olhar comigo.

— Estou com fome — disse o barman. — Estou com tanta fome que poderia comer um cavalo.

— Gostaria que você tivesse comido alguns daqueles em que apostei — falei.

Não era à toa que ele parecia indefinido. Não havia muita coisa nele. Era magro como um palito. As bochechas caídas, finas como papel. Desviei o olhar.

O outro cara ainda estava na banqueta ao meu lado.

— Psst... — chamou ele.

Ignorei. Olhei outra vez para o barman.

— Ouça — disse a ele —, vou terminar minha bebida e você pode trancar tudo e ir a algum lugar comer qualquer coisa.

— Obrigado — respondeu ele —, tenho que manter o lugar aberto. Eu vou ficar bem. Vou pensar em algo.

— Psst... — Fez outra vez o cara ao meu lado.

— Sai da minha aba, amigo — disse a ele.

— Eu tenho informações...

— Não preciso delas. Eu leio os jornais.

— Estas não estão nos jornais.

— Como quais?

— O Pardal Vermelho.

— Ei, garçom! — gritei. — Uma bebida para este cavalheiro! Dê a ele um rum com coca!

O atendente foi fazer o trabalho.

— Você mora em Redondo Beach? — perguntou o cara.

— East Hollywood.

— Conheço um cara, se parece com você, ele mora em Redondo Beach.

— Ah, é?

— Sim.

A bebida do cara chegou. Ele a tomou de uma vez.

— Eu tinha um irmão — disse ele — que morava em Glendale. Se matou.

— Ele se parecia com você? — perguntei.

— Aham.

— Então tá explicado.

— Eu tenho uma irmã, ela mora em Burbank.

— Chega de enrolação.

— Não é enrolação.

— Quero ouvir sobre o Pardal Vermelho.

— Claro. Vou te colocar direto nisso.

— E?

— Estou com sede...

— Garçom! — gritei. — Outro rum com coca para este cavalheiro!

O cara esperou pela bebida. Chegou. Ele a entornou outra vez.

Então se virou e olhou para mim com os olhos redondos, turvos e vagos.

— Tenho o Pardal bem aqui comigo — disse.

— O quê?

— Quero dizer, no meu bolso.

— Ótimo! Vamos dar uma olhada!

Ele meteu a mão em um bolso. E continuou remexendo.

— Humm... não consigo encontrar...

— Seu babaca! Você me enganou! Vou estourar seu saco!

— Eu sei que estava aqui em algum lugar...

— Vou te virar do avesso, babaca!

— Espera... espera... tem algo aqui... sim. No outro bolso... eu estava procurando no bolso errado...

— Sim?

— Sim, olha... aqui... aqui está... o Pardal Vermelho!

Ele tirou do bolso e colocou no balcão. Olhei. Era um pombo morto.

— Isso é um pombo morto! — falei.

— Não — disse ele —, é o Pardal Vermelho.

Coloquei algumas notas no bar para pagar pelas bebidas, depois me levantei e peguei o cara pela gola da capa de chuva imunda. Eu o arrastei até a porta, abri e o joguei na rua. Então me virei para fechar a porta. Aí eu vi o barman. Estava com o pombo nas mãos e o comia, às dentadas. A boca dele estava cheia de penas e sangue. Ele piscou para mim.

Então meu telefone tocou e eu acordei.

18

Atendi o telefone.

— Belane Agência de Detetive...

— Meu nome é Grovers, Hal Grovers, preciso da sua ajuda. A polícia está rindo da minha cara.

— O que houve, sr. Grovers?

— Tem um alienígena atrás de mim.

— Rá, rá, rá, sr. Grovers, o que é isso...

— Viu, todo mundo ri de mim!

— Desculpe, Grovers. Mas antes que falemos mais, preciso lhe informar meus honorários.

— Quanto é?

— Seis dólares por hora.

— Não parece ser um problema.

— Nada de cheques sem fundo ou vai ter de carregar suas bolas em um saquinho, entendeu?

— Meu problema não é dinheiro — disse ele —, é essa mulher.

— Que mulher, Grovers?

— Diabo, aquela de quem estamos falando, a alienígena.

— O alienígena é uma mulher?

— Sim, sim...

— Como você sabe?

— Ela me contou.

— Você acredita nela?

— Claro, eu a vi fazer coisas.

— Como o quê?

— Bem, flutuar atravessando o teto, coisas assim...

— Você bebe, Grovers?

— Claro. E você?

— Não viveria sem... Agora, ouça, Grovers, antes de prosseguirmos, você terá que passar aqui em pessoa. Terceiro andar do Edifício Ajax. Bata antes de entrar.

— Alguma batida especial?

— Sim. Levada "barba e cabelo, dois paus".* Assim vou saber que é você...

— Tudo bem, sr. Belane...

Matei quatro moscas enquanto esperava. Merda, a morte estava em toda parte. Homem, pássaro, fera, réptil, roedor, inseto, peixe não tinham chance. O jogo era armado. Não sabia o que fazer a respeito. Fiquei deprimido. Sabe, eu vejo um caixa no supermercado, empacotando minhas compras, e aí posso vê-lo se enfiando na própria cova junto com o papel higiênico, a cerveja e os peitos de frango.

Então ouvi a batida secreta na porta e disse:

— Por favor, entre, sr. Grovers.

---

* Conhecido dístico ou riff musical simples de sete notas usado de maneira popular no final de uma performance musical, em geral para efeito cômico. [*N.T.*]

Ele entrou. Não era muita coisa. Um metro e meio, setenta quilos, trinta e oito anos, olhos verde-acinzentados com um tique no olho esquerdo, bigodinho feio e amarelo, da mesma cor do cabelo ralo no alto da cabeça redonda demais. Andava com os pés para fora. Sentou-se.

Ficamos sentados olhando um para o outro. Foi tudo o que fizemos. Cinco minutos se passaram. Enfim, perdi a paciência.

— Grovers, por que não diz alguma coisa?

— Estava esperando você falar primeiro.

— Por quê?

— Não sei.

Recostei-me na cadeira, acendi um charuto, coloquei os pés sobre a mesa, inspirei, expirei e soltei um anel de fumaça perfeito.

— Grovers, essa mulher, essa... alienígena... me fale um pouco dela.

— Ela se chama de Jeannie Nitro...

— Conte mais, sr. Grovers.

— Você não vai rir de mim como fez a polícia?

— Ninguém ri como a polícia, sr. Grovers.

— Bem... ela é uma gostosa do espaço sideral.

— Por que você quer se livrar de uma gostosa?

— Tenho medo dela, ela controla minha mente.

— Tipo, como?

— Tipo: qualquer coisa que ela diz, eu tenho que fazer.

— Suponha que ela dissesse para você comer seu cocô, você comeria?

— Acho que sim...

— Grovers, você só levou uma chave de boceta. Muitos homens gostam disso.

— Não, são os truques que ela faz, são assustadores.

— Eu já vi todos os truques, Grovers, e mais alguns...

— Você não a viu aparecer do nada, não a viu atravessar o teto e desaparecer.

— Você está me entediando, Grovers, isso é um monte de merda.

— É não, sr. Belane.

— "É não"? De onde diabos você vem, Grovers? Você fala como um caipira.

— E você não parece um detetive, sr. Belane.

— Hã? O quê? Então o que eu pareço?

— Bem, vamos ver, deixa eu pensar...

— Não demore muito, porra. Está custando seis dólares por hora.

— Bem, você parece... um encanador.

— Um encanador? Um encanador. Ok. O que você faria sem um encanador? Você consegue pensar em alguém mais importante que um encanador?

— O presidente.

— O presidente? Olha aí, errado! Errado de novo! Toda vez que você abre a boca, diz algo errado!

— Não estou errado.

— Viu? Olha aí! De novo!

Apaguei o charuto e acendi um cigarro. Esse cara era um baita dum cagalhão. Mas era um cliente. Eu o encarei por um longo tempo. Era uma tarefa difícil olhar para ele. Parei de olhar. Mirei acima da orelha esquerda dele.

— Ok, o que quer que eu faça? Com essa alienígena? Essa Jeannie Nitro?

— Se livre dela.

— Não sou matador de aluguel, Grovers.

— Basta tirá-la da minha vida de um jeito ou de outro.

— Já fez sexo?

— Hoje, você quer dizer?

— Quero dizer com *ela*.

— Não.

— Você sabe o local de residência dessa boneca? Número de telefone? Profissão? Tatuagem? Passatempos? Hábitos peculiares?

— Só os hábitos...

— Como quais?

— Como o hábito de ela flutuar pelo teto e tudo isso.

— Grovers, você é maluco. Você não precisa de mim, precisa de um psiquiatra.

— Já fui a psiquiatras.

— E o que eles dizem?

— Nada. Só que eles cobram mais de seis dólares a hora.

— Quanto eles cobram?

— Cento e setenta e cinco dólares a hora.

— O que prova que você é maluco.

— Por quê?

— Qualquer um que pague isso deve ser maluco.

Ficamos sentados olhando um para o outro. Parecia muito besta. Eu tentava pensar. Minhas têmporas doíam.

Então a porta se abriu. E entrou aquela mulher. Agora, tudo o que posso dizer é que existem bilhões de mulheres na Terra, certo? Algumas parecem ótimas. A maioria parece muito bem. Mas de vez em quando a natureza prega uma peça maluca e apresenta uma mulher especial, uma mulher inacreditável. Quer dizer, você olha e não consegue acreditar. Toda ela um movimento ondulante perfeito, mercúrio, como uma serpente, você vê um tornozelo, vê um cotovelo, vê um seio, vê um joelho, tudo se funde em uma totalidade gigante e tentadora, com olhos sorridentes tão lindos, a boca um pouco curvada para baixo, os lábios suspensos ali como se prestes a cair na gargalhada por causa do seu desamparo. E elas sabem se vestir e os longos cabelos delas incendeiam o ar. Merda, era demais.

Grovers se levantou.

— Jeannie!

Ela deslizou para dentro da sala como uma stripper de patins. Parou diante de nós enquanto as paredes tremiam. Olhou para Grovers.

— Hal, o que você está fazendo com esse detetive de segunda?

— Ei, pera lá, vadia! — disse.

— Bem, Jeannie, estou com um pequeno problema e pensei em procurar ajuda.

— Ajuda? De quem?

— Não posso dizer. O gato comeu minha língua.

— Hal, você não tem problema algum, desde que tenha a mim. Posso fazer qualquer coisa melhor do que esse detetive de segunda classe.

Eu me levantei. Já estava de pé de qualquer maneira.

— Ah é, moça? Vamos ver se você consegue uma ereção de vinte centímetros.

— Porco machista!

— Viu só? Te peguei, *te peguei*!

Jeannie rebolou um pouco pela sala, deixando todo mundo louco. Então ela se virou. Olhou para Grovers.

— Vem aqui, cachorro! Rasteja até mim! Agora!

— *Não faça isso, Hal!* — gritei.

— Hã?

Ele se pôs de quatro no chão e foi em direção a Jeannie. Chegou bem perto. Rastejou até os pés dela, então parou.

— Agora — disse ela —, lamba a ponta dos meus sapatos!

Foi o que Grovers fez. Lambeu. E lambeu mais. Jeannie olhou para mim e sorriu. Um sorriso malicioso de verdade. Eu não podia aguentar mais.

Pulei.

— *Sua puta do caralho!* — gritei.

Abri a fivela do cinto e o puxei da calça, dobrei em dois e contornei a mesa.

— Sua puta do caralho — berrei —, *eu vou meter na sua bunda!*

Corri na direção dela. O que restava da minha alma tremia em alegre excitação. Aquelas nádegas milagrosas brilharam na minha mente. O céu virou de cabeça para baixo e estremeceu.

— Larga esse cinto, babaca — disse ela, com um estalo de dedos.

O cinto caiu da minha mão. Fiquei paralisado.

Ela se virou para Grovers.

— Vamos, menino levado, levante-se. Vamos embora deste lugar estúpido.

— Sim, querida.

Grovers se levantou e a seguiu até a porta, que se abriu, se fechou, e eles se foram. Eu ainda não conseguia me mexer. A vadia devia ter usado uma arma de raios em mim. Eu continuava congelado. Talvez tivesse escolhido a profissão errada? Depois de cerca de vinte minutos, comecei a sentir um formigamento por todo o corpo. Descobri que conseguia mexer as sobrancelhas. Em seguida, a boca.

— Quc merda — falei.

Então as outras partes começaram a se soltar de forma gradual. Por fim, dei um passo. Dois passos. Depois, mais passos em direção à minha mesa. Dei a volta por trás dela. Abri uma gaveta. Achei a garrafa de vodca. Destampei. Tomei um bom gole direto no bico. Decidi dar o dia por encerrado e começar de novo amanhã.

19

De volta ao escritório, no dia seguinte, eu estava confuso. Não sabia quem eram meus clientes ou que diabos estava acontecendo. Decidi fazer algo a respeito. Eu tinha o número comercial de Jack Bass. Liguei para ele.

— Alô — disse ele.

— Bass, aqui é Belane.

— Seu filho da puta.

— Calma lá, Bass, eu sou faixa preta.

— Você vai precisar mesmo da próxima vez que melar uma das minhas sessões de foda.

— Jack, tudo o que eu vi foi uma bunda balançando. Não sabia que era você até você virar a cabeça.

— Quem mais você achava que fosse? Acha que algum cara vai comer ela na minha própria casa?

— Já aconteceu muitas vezes.

— O quê?

— Não quero dizer na sua casa, Jack.

— Onde, então?

— Não importa.

— O que não importa?

— Quer dizer, não tem relação com o seu caso. Vamos falar sério.

— O quê?

— Você me quer neste caso ou não?

— Você não está chegando a lugar nenhum, só filmando minha bunda.

— Estou quente no seu caso, Jack.

— Como assim?

— Tenho uma conexão.

— O quê?

— Tenho um elo.

— "Conexão"? "Elo"? Do que você está falando?

— Posso ligá-la a um cara. Eu o conheço. Um tipo obscuro. Eles não estão tramando nada de bom.

— Você os flagrou juntos?

— Ainda não.

— Por que não?

— Estou indo devagar. Vou deixar que eles mesmos se enrolem.

— Não pode pegá-los agora?

— Tenho que esperar até ele tocar o sininho.

— O quê?

— Tenho que pegá-los no flagra.

— Não sei se você sabe o que está fazendo, Belane.

— Sei com exatidão o que estou fazendo. Vou pegá-lo assim que ele tocar o sininho.

— Gostaria que você não falasse assim.

— O mundo não é um jardim de infância, Jack. Estou tentando chegar bem no fundo.

— No fundo?

— Quero meter na bunda dela. Você quer que eu meta na bunda dela, não quer?

— Apenas me dê alguma prova.

— Prova te dão na escola, Bass.

— Está chegando perto de alguma coisa, Belane?

— Posso sentir o cheiro, posso farejar, estou no rastro. Conheço esse cara. Ele é francês. E você sabe como são os franceses, não é?

— Não, o que tem os franceses?

— Se você não sabe, Bass, não posso te explicar. Não tenho o dia todo. Agora, você quer que eu siga nesse maldito caso ou não?

— Você diz que está fechando, então?

— Estou bem em cima dos dois.

— O quê?

— Você me quer no caso ou não, Bass? Vou contar até cinco. Um, dois, três, quatro...

— Tudo bem, tudo bem, prossiga.

— Tudo bem, Jack. Agora, uma coisinha...

— O quê?

— Vou precisar de um mês de adiantamento.

— Um mês? Pensei que você já estivesse fechando.

— Tenho que colocar a armadilha. Tenho que armá-la. Tenho que ter certeza. Quando ele tocar aquele sininho...

— Tudo bem, tudo bem, o cheque está a caminho!

Ele bateu o telefone na minha cara. Agia como um apaixonado. Que otário...

Em seguida, telefonei para Grovers. Ele havia me dado o número comercial dele. O telefone tocou três vezes, ele atendeu.

— Alô — disse ele. — Aqui é da Funerária Paraíso Dourado.

— Jesus — falei.

— O quê? — respondeu ele.

— Grovers, você lida com presuntos.

— O quê? — perguntou ele.

— Presuntos. Presuntos. Aqui é Nick Belane.

— O que você quer, sr. Belane?

— Estou trabalhando no seu caso da alienígena do espaço sideral, sr. Grovers.

— Sim, eu lembro.

— Diga-me, Hal, por que você faz o que você faz?

— O que quer dizer?

— Mexer com os mortos. Por quê? Por quê?

— É a minha profissão. Um homem tem que ganhar a vida.

— Mas mexer com presuntos? Isso é meio estranho. É doentio. Você drena o sangue? O que você faz com o sangue depois de drená-lo?

— Tenho um funcionário que faz isso, Billy French.

— Coloque-o na linha, quero falar com ele.

— Ele saiu para almoçar.

— Quer dizer que ele come?

— Sim.

Fiz uma pausa. Inspirei, expirei. Então falei.

— Olha, Grovers, você quer que eu siga neste caso?

— Jeannie Nitro, você quer dizer?

— Claro. Você tem alguma outra garota espacial por aí?

— Não.

— Bem, você quer que eu a tire do seu cangote?

— Claro. Mas acha que consegue? Parece que você travou na única vez que a viu.

— Grovers, até Ted Williams travava de vez em quando. Eu vou chutar de uma vez por todas aquela puta para tão longe que você nunca mais vai vê-la!

— Acho que ela não é puta, sr. Belane.

— Apenas uma maneira de falar. Não quis ofender a boneca.

— Acha que pode fazer alguma coisa a respeito?

— Mesmo enquanto estamos conversando, Grovers, estou trabalhando em um elo, uma conexão.

— Como o quê?

— Não posso contar muito. Mas o fato de você mexer com presuntos e ela ser uma alienígena é uma ligação, um elo.

— Como assim, sr. Belane?

— Não posso contar muito. Mas tenho consultado um especialista nesses assuntos. Ele tem um livro sobre alienígenas, mas pediu mais informações sobre você.

— Tudo bem, o que quer saber?

— Espere. Antes de dedicar mais tempo a este caso, preciso de outro cheque. Duas semanas de adiantamento.

— Acha que pode fazer alguma coisa?

— Maldição, acabei de lhe dizer, estou a toda na questão!

— Tudo bem, sr. Belane, vou mandar um cheque pelo correio hoje. Duas semanas.

— Você é um homem sábio, sr. Grovers.

— Sim.

— Ah, sr. Belane, Billy French acabou de voltar do almoço. Quer falar com ele?

— Não, mas pergunte o que ele comeu no almoço.

— Um momento...

Esperei. Então ele voltou.

— Ele disse rosbife e purê de batatas.

— Isso é doentio!

— O quê?

— Tenho que ir agora, sr. Grovers.

— Pensei que você quisesse mais informações sobre mim.

— Vou enviar um questionário.

Desliguei, coloquei os pés em cima da mesa. Eu estava colocando as peças de novo em ordem. Lá estava eu. Nick Belane, detetive. No entanto, ainda tinha que resolver o caso do Pardal Vermelho. E havia ainda Celine e a Madame Morte. Sempre havia a Madame Morte.

Aquela sim era uma puta.

Quer dizer, do que mais você poderia chamá-la?*

* Última ficção em prosa escrita por Bukowski, assombrado pela doença, *Pulp* é, mais do que um romance policial, uma longa tentativa do autor de acertar as contas com a inevitabilidade do fim. O único elemento de fato presente na tradição da narrativa de crime que Bukowski manteve em sua obra foi o número absurdo de vezes em que Belane escapa da morte certa por um mero detalhe — em situações que quase sempre têm a ver com a onipresença da Morte, ela própria como uma cliente do detetive e uma companhia insistente ao longo de todo o livro. [*N.T.*]

20

Eu tinha que pensar. Tinha que pensar sobre aquilo tudo. De alguma forma, tudo se encaixava: espaço, morte, Pardal, presuntos, Celine, Cindy, Bass. Mas eu não conseguia reunir todas as peças. Ainda não. Minhas têmporas começaram a latejar. Tinha que dar o fora dali.

As paredes do escritório não tinham as respostas. Eu estava ficando pateta, comecei a me imaginar na cama com Madame Morte, Cindy e Jeannie Nitro, todas de uma vez. Era demais. Pus meu chapéu-coco e saí pela porta.

Dei por mim no hipódromo. Hollywood Park. Não havia cavalos ao vivo. Estavam em Oak Tree. As corridas eram transmitidas e você fazia as apostas, como sempre.

Subi pela escada rolante. Um cara atrás de mim esbarrou em um dos meus bolsos traseiros.

— Ah, me desculpe — disse ele. — Mil perdões.

Eu sempre carregava minha carteira no bolso esquerdo da frente. A gente aprende. A gente aprende. Depois de um tempo.

Passei pelo Clube do Turfe. Olhei para dentro. Só um bando de caras velhos. Com dinheiro. Como eles faziam isso? De quanto você precisava? E o que significava tudo aquilo? Todos nós morremos falidos, e a maioria de nós vive a vida inteira assim. Era um jogo desgastante. Só calçar os sapatos pela manhã já era uma vitória.*

Empurrei a porta e entrei na área do clube. Lá estava o carteiro, parado, tomando um café. Caminhei até ele.

— Quem diabos deixou você entrar? — perguntei.

A cara dele parecia em mau estado. Inchada.

— Belane — disse ele. — Eu vou te matar.

— Você não deveria beber café — falei. — Vai te manter acordado à noite.

— Eu vou te tirar de circulação, Belane, seus dias estão contados.

— Quem você acha que vence? — perguntei.

— *Dog Ears*.

— Toma — entreguei-lhe dois dólares. — Boa sorte.

— Ei, obrigado, Belane!

— Esquece — falei e me afastei.

Sempre havia alguma coisa atrás de um homem. Nunca cedia. Sem descanso, nunca.

Caminhei até a lanchonete e peguei um café grande.

— Quem você acha que ganha, Belane? — perguntou a garçonete.

* Embora Belane seja um exagero satírico do detetive pulp tradicional, algumas de suas opiniões mais melancólicas refletem as do próprio Bukowski no fim da vida, acossado pela doença e pela morte. Este trecho, por exemplo, ecoa uma passagem de seu diário publicado postumamente em *O capitão saiu para o almoço e os marinheiros tomaram conta do navio*: "Não sei quanto às outras pessoas, mas quando me abaixo para colocar os sapatos de manhã, penso: *Deus Todo-Poderoso, o que mais agora?*", escreveu ele, em uma anotação de 13 de setembro de 1991. Pouco tempo depois, começaria a trabalhar em *Pulp*. [N.T.]

— Não posso dizer, ou você vai derrubar as possibilidades a zero.

— Valeu, babaca — respondeu ela.

Deslizei a gorjeta de volta pelo balcão e a recoloquei no bolso. Encontrei um lugar perto da tela, me sentei e abri a *Revista do Turfe*. Então ouvi uma voz atrás de mim.

— Aqueles dois dólares não vão livrar a sua cara, Belane. É o fim pra você.

Era o carteiro. Eu levantei e me virei.

— Então me dá os dois dólares de volta.

— De jeito nenhum, cara.

— Eu vou estourar teu maldito saco — falei.

Ele sorriu e avançou na minha direção. Senti o gume de uma lâmina pressionando minha barriga. Só a ponta. Ele mantinha o resto coberto pelos dedos.

— Tenho quinze centímetros aqui e adoraria afundá-los na sua maldita barriga gorda.

— Como é que você não está trabalhando hoje? Quem diabos está entregando a correspondência?

— Cala a boca. Estou tentando decidir se te mato ou não.

— Amigo, tenho aqui dez paus pra você apostar no *Dog Ears*.

— Quanto?

— Vinte.

— Quanto?

Senti a ponta da faca picando minha pele.

— Cinquenta.

— Tudo bem, pega a tua carteira, tira os cinquenta e enfia no bolso da frente da minha camisa.

Eu sentia o suor escorrendo atrás das orelhas. Tirei a carteira do meu bolso esquerdo da frente, peguei cinquenta dólares e enfiei no bolso da frente dele. Senti a ponta da faca recuar.

— Agora, senta ali, abre a tua revista e começa a ler.

Foi o que fiz. Então senti a ponta da faca contra minha nuca.

— Considere-se com sorte — disse ele.

E saiu.

Fiquei sentado lá e terminei meu café. Depois me levantei e saí. Desci pela escada rolante, fui até o estacionamento, entrei no meu carro e saí dirigindo. Alguns dias simplesmente não são o seu dia. Dirigi todo o caminho até Hollywood, estacionei em algum lugar e entrei no cinema. Comprei pipoca e um refrigerante e me sentei. O filme começou, mas não assisti. Só mastiguei a pipoca e tomei meu refri. E fiquei imaginando se *Dog Ears* havia chegado em primeiro.

21

Não consegui dormir nessa noite. Bebi cerveja, bebi vinho, bebi vodca, tudo sem resultado.

Eu não tinha solucionado nada. Todos os meus casos estavam em aberto. Meu pai havia me dito que eu seria um fracasso. Ele também era um fracasso. Semente ruim.

Liguei a TV. Eu tinha uma no quarto. Uma mulher jovem apareceu e me disse que iria conversar comigo, me fazer sentir bem. Tudo o que eu precisava era de um cartão de crédito. Decidi que não. Então o rosto da mulher desapareceu da tela e ali estava Jeannie Nitro.

— Belane — disse ela —, não quero você se metendo nos meus negócios.

— O quê? — questionei.

Ela repetiu a frase e eu desliguei a TV. Servi outra vodca, sem gelo. Desliguei as luzes e me sentei na cama, no escuro. Tomei um gole da vodca.

Então ouvi um zumbido alto, como um enxame de abelhas voando ao redor de uma colmeia perturbada. E aí houve um clarão de luz roxa e lá estava Jeannie Nitro. Me caguei de susto.

— Te assustei, Belane? — perguntou ela.

— Claro que não — respondi. — Você não tem educação? Não bate antes de entrar?

Jeannie Nitro olhou ao redor do quarto.

— Você precisa de uma faxineira — disse ela —, este lugar está imundo.

Tomei toda a vodca, joguei o copo para o lado.

— Não se preocupe com isso. Eu vou meter na sua bunda.

— Para um detetive, te faltam três coisas.

— Quais?

— Disposição, direção e dedução.

— Ah, é? Bem, eu já saquei o seu jogo, gata.

— É mesmo?

— Você está parasitando o Grovers porque ele é um papa-defunto e porque você quer usar os cadáveres para hospedar seus amigos alienígenas.

Ela se sentou em uma cadeira, pegou um dos meus cigarros, acendeu-o e riu.

— Eu pareço um cadáver?

— Não exatamente.

— Nós podemos criar nossos próprios corpos. Veja!

De novo o som de zumbido, um clarão de luz roxa e, no canto do quarto, apareceu outra Jeannie Nitro. Estava parada ao lado do meu vaso de planta.

— Olá, Belane — disse ela.

— Olá, Belane — respondeu a Jeannie Nitro sentada na cadeira.

— Ei — falei —, você consegue estar em dois corpos ao mesmo tempo?

— Não — disse a Jeannie Nitro sentada na cadeira.

— Mas — falou a Jeannie Nitro em pé ao lado do vaso de planta — podemos saltar de um corpo para outro.

Saí da cama para pegar meu copo e servir outra vodca.

— Você dorme de short — disse uma Jeannie Nitro.

— Nojento — afirmou a outra.

Voltei para a cama com minha bebida e me acomodei em um travesseiro.

Houve outro som de zumbido, um clarão de luz roxa e a Jeannie ao lado do vaso de planta sumiu. Olhei para a sentada na cadeira.

— Olha aqui — falei —, Grovers me contratou para tirar você da cola dele e é isso o que eu pretendo fazer.

— Você fala grosso para um homem cujos talentos somam praticamente zero.

— Ah, é? Bem, eu já decifrei casos piores do que o seu.

— É mesmo? Me fale sobre algum deles.

— Todos os meus arquivos são confidenciais.

— Confidenciais ou inexistentes?

— Não me tire do sério, Jeannie, ou eu vou...

— Vai o quê?

— Vou... — Levei a vodca até a boca. De repente, minha mão congelou a cinco centímetros dos meus lábios. Não conseguia me mexer.

— Você é de terceira categoria, Belane. Não brinque comigo. Por ora, estou sendo gentil. Considere-se com sorte.

Considere-se com sorte? Era a segunda vez que eu ouvia aquilo em um intervalo de doze horas.

O zumbido, o clarão roxo e Jeannie Nitro se foi.

Fiquei sentado na cama, incapaz de me mexer, o copo ainda a cinco centímetros de meus lábios. Fiquei sentado e esperei. Tive tempo para repassar minha carreira. Não havia muito o que repassar. Talvez eu estivesse na profissão errada. Mas era muito tarde para começar alguma outra coisa.

Só fiquei sentado lá esperando. Em cerca de dez minutos, senti uma comichão por todo o corpo. Fui capaz de mexer minha mão só um pouco. Depois, um pouco mais. Levei a vodca aos lábios, consegui inclinar a cabeça e esvaziei o copo. Joguei-o no chão, me estiquei na cama e esperei uma vez mais pelo sono. Ouvi o som de tiros do lado de fora e percebi que estava tudo certo com o mundo. Em cinco minutos, eu dormia como todos os outros.

22

Acordei deprimido. Olhei para o teto, para as rachaduras no teto. Vi um búfalo atropelando alguma coisa. Acho que era eu. Depois vi uma cobra com um coelho na boca. O sol passava pelas frestas das persianas e formava uma suástica na minha barriga. Uma coceira no fiofó. Seriam as hemorroidas de volta? Meu pescoço estava duro e a boca tinha gosto de leite azedo.

Levantei e caminhei até o banheiro. Eu odiava me olhar naquele espelho, mas foi o que fiz. E vi depressão e derrota. Bolsas escuras flácidas sob os olhos. Olhinhos covardes, os olhos de um roedor apanhado pelo maldito gato. Minha carne parecia que nem estava tentando. Era como se odiasse fazer parte de mim. Minhas sobrancelhas pendiam retorcidas, pareciam dementes, pelos dementes de sobrancelhas. Horrível. Eu estava nojento. E ainda nem estava pronto para evacuar. Todo trancado. Fui até o vaso mijar. Mirei certo, mas de algum modo o jato saiu de lado e espirrou no chão. Tentei ajustar a mira e mijei todo o assento da privada, que eu havia esquecido de levantar. Rasguei um pouco de papel higiênico e sequei. Limpei o assento. Joguei o papel na lata e dei descarga. Fui até a janela, olhei para fora e vi um gato cagando no telhado ao lado. Então voltei, peguei minha escova de dentes, apertei o tubo de pasta. Saiu demais. Bateu de leve na escova e caiu na pia. Verde. Igual a um verme verde. Enfiei o dedo nela, passei um pouco na escova e comecei a escovar. Dentes. Que malditas coisas eles eram. Tínhamos que comer. E comer e comer de novo. Éramos todos nojentos, fadados a nossos servicinhos sujos. Comer e peidar e coçar e sorrir e comemorar feriados.

Terminei de escovar os dentes e voltei para a cama. Não tinha mais gás, nem pique. Eu era um alfinete. Um pedaço de linóleo.

Decidi ficar na cama até meio-dia. Talvez até lá meio mundo tivesse morrido e seria só metade da dureza para aguentar. Talvez se eu me levantasse ao meio-dia eu teria uma aparência melhor, me sentiria melhor. Conheci um cara que não cagou por dias. No fim, ele explodiu. Sério. A merda voou da barriga dele.

O telefone tocou. Deixei tocar. Nunca atendo o telefone de manhã. Chamou cinco vezes e parou. Pronto. Eu estava só comigo mesmo. E por mais nojento que eu fosse, era melhor do que estar com alguém, qualquer um, todos eles lá fora fazendo os lamentáveis truquezinhos e cambalhotas. Puxei os cobertores até o pescoço e esperei.

23

Cheguei ao hipódromo a tempo para o quarto páreo. Eu tinha que começar por algum lugar. Todas as minhas pistas estavam paradas. Puxei a lista. Eu tinha tudo anotado:

1. Descobrir se Celine *é* Celine. Informar Madame Morte sobre as conclusões.
2. Localizar o Pardal Vermelho.
3. Descobrir se Cindy está aprontando com Bass. Se sim, meter na bunda dela.
4. Tirar a alienígena da cola de Grovers.

Dobrei a lista e a pus de volta no bolso. Abri a *Revista do Turfe*. Eles estavam saindo na pista para o quarto páreo. Era um dia quente e tranquilo. Tudo parecia em um estado de sonho. Então ouvi um som às minhas costas. Havia alguém sentado atrás de mim. Eu me virei. Era Celine. Sorriu para mim.

— Bom dia — disse ele.

— Que diabos você está fazendo aqui? — perguntei.

— Paguei minha entrada. Eles não fizeram perguntas — disse Celine.

— Está me seguindo, filho da puta? — perguntei.

— Ia te perguntar a mesma coisa — disse ele.

— Há muitas coisas que eu não entendo — respondi.

— Nem eu — falou ele, então pulou o assento e se sentou ao meu lado. — Vamos conversar.

— Claro — respondi. — Agora, primeiro, qual é o seu nome? Seu nome verdadeiro.

Senti o revólver de cano curto cutucando meu flanco. Ele o segurava por baixo do casaco.

— Você tem porte para essa coisa? — perguntei.

— Eu faço as perguntas aqui — disse ele, dando-me uma pequena cutucada com a arma.

— Vá em frente.

— Quem te pôs na minha cola?

— Madame Morte.

— Madame Morte. — Ele riu. — Não vem com essa!

— Não venho não. É assim que ela chama a si mesma, “Madame Morte”.

— Uma doida, hein?

— Talvez.

— Onde posso encontrar essa vadia?

— Não sei. Ela é que entra em contato comigo.

— Você espera que eu compre essa lorota?

— Não sei, é só o que tenho para vender.

— O que ela quer?

— Saber se você é o verdadeiro Celine.

— É?

— É.

— Quem você acha que ganha a corrida? — perguntou ele.

— Green Moon — respondi.

— Green Moon? Essa é a minha escolha.

— Ok — falei —, deixa eu apostar. Já volto.

Comecei a me levantar.

— Senta — disse grosseiramente — antes que eu estoure as suas bolas.

Sentei.

— Olha — continuou —, eu quero essa mulher longe da minha cola. Além disso, quero o nome verdadeiro dela. Não engulo essa bobagem de Madame Morte. E quero que você se ocupe disso. Começando agora, na verdade!

— Mas *ela* é a minha cliente. Como você pode ser meu cliente?

— Dá teu jeito, gorducho.

— Gorducho?

— Tem banha pendurada aí nessa pança.

— Pendurada ou não, se vou trabalhar para você, quero ser pago, e eu não cobro barato.

— Diga.

— Seis paus a hora.

Ele enfiou a mão no bolso e tirou um maço de notas. Largou-as na frente da minha camisa.

— Aqui tem um mês adiantado.

Então houve um rugido vindo da multidão. Os cavalos estavam correndo a reta final e quem liderava por três corpos de vantagem? E ganhou por quatro? Green Moon. Cotação de seis para um.

— Merda — falei —, você me custou uma aposta certa. Green Moon levou tudo.

— Cale a boca — disse ele — e se ocupe do meu caso.

— Tá bom, tá bom — falei —, como posso entrar em contato com você?

— Aqui está o meu número — comentou ele, me entregando um pequeno pedaço de papel.

Então se levantou, caminhou pelo corredor e foi embora.

Eu sabia que estava no meio de algo grande, mas não conseguia decifrar o que era. Bem, eu tinha que fazer alguma coisa, só isso.

Abri a *Revista do Turfe* e dei uma olhada no quinto páreo.

24

No dia seguinte, fui à Funerária Paraíso Dourado para dar uma olhada nas coisas. Um negócio muito bom — sem vacas magras. Estacionei do lado de fora e entrei. Lugar bacana. Salão silencioso. Tapetes grossos e sujos. Atravessei e entrei em outra sala grande. Estava cheia de caixões. Grandes, pequenos, amplos, finos. Algumas pessoas compravam os caixões delas com antecedência. Eu não. Pro diabo com isso.

Não parecia haver ninguém por perto. Eu podia afanar um caixão. Podia amarrar um no meu carro. E ir embora. Onde estava Grovers? Onde estava todo mundo?

Foi me dando uma comichão. E piorou. Então eu fiz. Levantei a tampa de um caixão e olhei dentro. *Gritei.* E bati a tampa.

Havia uma mulher nua lá dentro. Jovem, vistosa, mas morta. Uau!

Hal Grovers entrou correndo.

— *Belane! O que está fazendo?*

— *Fazendo? Fazendo? O que quer dizer? Onde diabos você andava, Grovers?*

— *No banheiro. Por que estava gritando?*

Eu apontei.

— *Tem um presunto neste caixão! Uma gostosa! Peitões!*

Grovers se aproximou e abriu a tampa.

— Aqui não tem corpo nenhum, sr. Belane.

— O quê?

Eu me aproximei e olhei. O caixão estava vazio.

Eu me virei e segurei Grovers pela lapela.

— Não brinque comigo, benzinho! Eu vi! Eu vi a xota dela! Uma jovem boneca morta! Você está brincando comigo? Você e... Billy French... O chupador de sangue! Não sou um homem com quem você deva brincar, Grovers!

— Ninguém está brincando com você, Belane. Está alucinando.

Soltei a lapela.

— Desculpe — falei —, eu devia ter notado.

— Notado o quê?

— É Jeannie Nitro. Ela está brincando com a minha mente. Ela sabe que estou no seu caso.

— Não a tenho visto nos últimos tempos. Talvez tenha ido embora.

— Não foi. Ela está esperando, Grovers.

— Esperando pelo quê?

— Não sei no momento.

Dei meia-volta e olhei ao redor.

— Grovers, rápido! Quantos mortos você tem aqui agora?

— Nós preparamos dois. Estão na sala de embalsamamento.

— Tenho que vê-los!

— O quê?

— Quer que eu resolva este caso ou não?

— Eu quero que você... resolva.

— Então vou ter que olhar os dois presuntos.

— Por quê?

— Se eu te contasse, você nunca iria adivinhar.

— O que isso quer dizer?

— Deixa pra lá. Agora me deixa dar uma olhada.

— Isso é muito irregular.

— Vamos! Vamos!

— Muito bem. Siga-me...

Entramos na sala de embalsamamento. Lugar elegante. Escuro. Velas acesas. Havia três caixões.

— Ok, deixe-me ver — disse a Grovers.

— Pode, por favor, me dizer por quê?

— Jeannie Nitro quer abrigar seus alienígenas nesses cadáveres. Dar a eles uma casca, um esconderijo. Uma carapaça, sabe, como uma tartaruga. Nitro está rondando você para pegar esses corpos.

— Mas são cadáveres, estão em estado de decomposição. Além disso, vamos enterrá-los. Como eles podem usá-los?

— Os alienígenas se escondem nos cadáveres até que sejam enterrados, então encontram outros cadáveres.

— Mas se eles querem se esconder, por que usariam cadáveres? Por que não se esconderiam em tanques ou cavernas ou algo assim? Por que não usariam corpos vivos?

— Seu besta, corpos vivos reagiriam à presença deles. Abra esses caixões, Grovers! Acho que eles estão aí agora!

— Belane, acho que você está maluco!

— Vamos lá, abra!

Grovers abriu o primeiro. Um belo caixão de carvalho. Tinha lá dentro um cara de cerca de trinta e oito anos, cabelos ruivos e espessos, vestido com um terno barato.

Eu me virei e olhei para Grovers.

— Um deles está neste aqui agora.

— Como você sabe?

— Acabei de ver ele se mexer!

— O quê?

— Eu vi ele se mexer!

Estendi a mão e peguei o homem pelo pescoço.

— Vamos lá! Vamos lá! Saia daí! Sei que você está aí!

Enquanto eu balançava a cabeça, a boca se abriu um pouco e cuspiu um chumaço de algodão branco. Pulei para trás.

— *Merda! O que é que foi isso?*

Grovers soltou um gemido baixo.

— Belane, trabalhei bem uma hora estufando as bochechas dele para deixá-lo com um aspecto saudável! Agora está todo murcho de novo! Vou ter de fazer tudo outra vez.

— Desculpe, não percebi. Mas acho que estamos chegando perto. Abra outro caixão! Por favor!

— Abre você. Isso é de fato nojento. Nem sei por que estou permitindo. Devo estar louco.

Eu me aproximei e abri um caixão de pinho. Olhei. E continuei olhando. Eu não podia acreditar.

— É algum tipo de piada, Grovers? Isso não é jeito de brincar. Não é nada engraçado.

A figura estendida no caixão era eu. O caixão era forrado de veludo e eu sorria um sorriso de cera. Vestia um terno amarrotado marrom-escuro e minhas mãos estavam cruzadas sobre o peito, segurando um cravo branco.

Eu me virei e encarei Grovers.

— Que diabos está rolando aqui, docinho? Onde você pegou este?

— Ah, esse é o sr. Andrew Douglas, morreu de repente, ataque cardíaco. Foi líder comunitário aqui por décadas.

— Isso é lorota, Grovers. Aquele presunto ali sou eu! *Eu*!

— Absurdo — disse Grovers. Ele se aproximou e olhou para o caixão. — É o sr. Douglas.

Cheguei perto e olhei para dentro. Era um cara velho de cabelos brancos, uns setenta ou oitenta anos. A aparência era muito boa, haviam pintado as bochechas e colocado um toque leve de batom. A pele brilhava como se a tivessem encerado. Mas não era eu.

— É a Jeannie Nitro — disse —, ela está fodendo com a gente.

— Acho o senhor um homem muito confuso, sr. Belane.

— Cala a boca — falei.

Eu tinha que pensar. Em algum lugar tudo se encaixava. Tinha que se encaixar.

Nesse momento, outro homem entrou e parou na porta.

— O corpo foi preparado, Hal.

— Obrigado, Billy. Pode ir.

Billy French se virou e saiu.

— Meu Deus, Grovers, ele não lava as mãos?

— O que quer dizer?

— Eu vi as mãos vermelhas dele.

— Absurdo.

— Eu vi o vermelho.

— Sr. Belane, se importaria de dar uma olhada no terceiro caixão? Mesmo estando vazio. Um cavalheiro o selecionou com antecedência.

Eu me virei e olhei para ele.

— Ele está *aí dentro*, Grovers?

— Não, o cavalheiro ainda está vivo. É uma pré-venda. Damos dez por cento de desconto em pré-vendas. Gostaria de pensar no assunto? Temos uma seleção adorável.

— Obrigado, Grovers, mas tenho um compromisso... Eu entro em contato.

Dei meia-volta e passei pela porta, atravessei o corredor e saí para o ar puro e limpo. Qualquer filho da puta que escolha o próprio caixão é o mesmo filho da puta que faz carinho em si mesmo seis vezes por semana.

Entrei no meu Fusca, dei a partida e peguei o trânsito. Um cara em uma van achou que eu o havia fechado. Ele me mostrou o dedo do meio. Devolvi o gesto. Estava começando a chover. Fechei a janela boa do lado direito e liguei o rádio.

25

Peguei o elevador até o sexto andar. O nome do psiquiatra era Seymour Dundee. Empurrei a porta e a sala de espera estava lotada de malucos. Um cara estava lendo um jornal segurando-o de cabeça para baixo. A maioria dos outros, homens e mulheres, estavam sentados em silêncio. Não pareciam estar nem respirando. Havia um clima sombrio e pesado na sala. Dei meu nome na recepção e me sentei. O cara do meu lado estava calçando um pé de sapato marrom e outro preto.

— Ei, amigo — disse ele.

— É — respondi.

— Tem troco pra um centavo? — perguntou ele.

— Não — falei. — Não hoje.

— Amanhã, talvez? — continuou ele.

— Talvez amanhã — falei.

— Mas talvez eu não consiga te encontrar amanhã — reclamou ele.

Espero que não, pensei.

Esperamos e esperamos. Todos nós. Será que o analista não sabia que esperar era uma das coisas que deixavam todo mundo louco? As pessoas esperavam a vida toda. Esperavam para viver, esperavam para morrer. Esperavam na fila para comprar papel higiênico. Esperavam na fila por dinheiro. E se não tinham dinheiro nenhum, esperavam em filas mais longas. Você esperava para ir dormir e aí esperava acordar. Esperava para se casar e esperava para se divorciar. Esperava pela chuva, a esperava parar. Esperava para comer e depois esperava para comer outra vez. Esperava no consultório de um psiquiatra com um bando de psicopatas e se perguntando se também era um deles.

Devo ter esperado tanto que peguei no sono e devo ter sido acordado pela recepcionista me sacudindo.

— Sr. Belane, sr. Belane, o senhor é o próximo.

Era uma velhota feia, mais feia que eu. Ela me assustou, o rosto dela bem próximo do meu. *Era assim que a morte devia ser*, pensei, *parecida com essa velhota*.

— Querida — falei —, estou pronto.

— Venha comigo — respondeu ela.

Atravessei a recepção e a segui por um corredor. Ela abriu uma porta e lá estava um cara parecendo muito satisfeito atrás da mesa, camisa verde-escura, suéter largo laranja desabotoado. Óculos escuros, fumando um cigarro em uma piteira.

— Sente-se. — Ele apontou para uma cadeira.

A recepcionista fechou a porta e saiu.

Dundee começou a rabiscar em um pedaço de papel com a caneta. Olhando para o papel, disse:

— Vai te custar cento e sessenta dólares a hora.

— Vai se foder — falei.

Ele olhou para cima.

— Ah! Gosto disso!

Rabiscou um pouco mais e disse:

— Por que está aqui?

— Não sei por onde começar.

— Comece contando até dez de trás para a frente.

— Vai foder a sua mãe — disse a ele.

— Ah! — exclamou Dundee. — Você teve relações com a sua?

— De que tipo? Vocais? Espirituais? Esclareça.

— Você sabe o que eu quero dizer.

— Não, não sei.

Ele uniu o polegar e o indicador da mão esquerda em um buraco circular, depois passou o dedo indicador da mão direita para dentro e para fora do buraco.

— Assim — disse ele —, hummm...

— Sim — falei —, eu me lembro, ela levantou a mão assim uma vez e eu fiz isso com o dedo.

— Você está aqui para me sacanear? — disse Dundee. — Não tire sarro de mim!

Eu me inclinei sobre a mesa em direção a ele:

— Você tem sorte, amigo, de estar só sendo sacaneado!

— Ah — ele se recostou na cadeira —, é mesmo?

— Sim. Não brinque comigo, benzinho, ou eu não me responsabilizo.

— Por favor, por favor, sr. Belane, o que você quer?

Eu bati o punho no centro da mesa.

— *Porra, eu preciso de ajuda!*

— É claro, sr. Belane. Como me encontrou?

— Classificados.

— Classificados? Não estou nos classificados.

— Sim, está. Seymour Dundee, psiquiatra, Edifício Garner, sala 604.

— Esta é a sala 605. Sou Samuel Dillon, advogado. O dr. Dundee é na sala ao lado. Receio que você tenha cometido um erro.

Eu me levantei e sorri.

— Está me sacaneando agora, Dundee, está tentando dar o troco! Se acha que pode me enrolar, você tem titica de galinha no lugar do cérebro!

Eu estava lá para descobrir se a coisa toda de Celine, Pardal Vermelho, Madame Morte, alienígenas, Sam e Cindy Bass era de verdade ou se eu na realidade estava com problemas mentais. Quer dizer, nada daquilo fazia sentido, na real. Eu estava fora do meu juízo? E aonde eu estava indo com tudo aquilo e por quê?

O cara que se chamava de Samuel Dillon apertou uma campainha na mesa e logo a recepcionista estava de volta. Ela ainda era mais feia do que eu. Nada havia mudado.

— Molly — disse ele —, por favor, acompanhe este cavalheiro ao consultório do dr. Dundee. Obrigado.

Eu a segui pelo corredor, onde ela abriu a porta número 604 e sussurrou para mim:

— Siga reto, idiota...

Entrei em outra sala de espera lotada. A primeira coisa que vi foi o sujeito com um sapato marrom e outro preto que havia me pedido troco para um centavo. Ele me viu.

— Ei, senhor... — disse ele.

Andei até ele.

— Aconteceu com você também, hein? — perguntou ele.

— O quê?

— Rá, rá... Entrou na porta errada... Entrou na porta errada...

Então me virei e saí, peguei o elevador. Esperei que chegasse ao primeiro andar. Esperei que a porta se abrisse. Caminhei pelo corredor e saí para a rua e achei meu carro. Entrei. Dei a partida. Esperei que esquentasse. Cheguei a um semáforo. Vermelho.

Esperei. Apertei o acendedor de cigarro e esperei. O sinal ficou verde, o acendedor pulou e eu acendi meu cigarro enquanto dirigia. Achei melhor ir para o escritório. Tinha a sensação de que alguém esperava por mim.

26

Eu estava errado. Não havia ninguém no escritório. Dei a volta e me sentei atrás da minha mesa.

Estava me sentindo estranho. Tantas coisas não se encaixavam. Quer dizer, no escritório do advogado, por que aquele homem estava lendo o jornal de cabeça para baixo? Ele devia estar no escritório do psiquiatra. Ou talvez apenas as páginas de fora do jornal estivessem de cabeça para baixo e ele estivesse lendo o lado interno para cima? Deus existia? E onde estava o Pardal Vermelho? Eu tinha muitas coisas para resolver. Sair da cama pela manhã era encarar a parede branca do universo. Talvez eu devesse ir a um bar de striptease e enfiar uma nota de cinco dólares em um fio dental? Tentar esquecer de tudo. Talvez eu devesse ir a uma luta de boxe e ver dois caras sentando porrada um no outro?

Mas problemas e dor eram o que mantinha um homem vivo. Ou a tentativa de evitar problemas e dor. Era um trabalho em tempo integral. E às vezes, mesmo dormindo, você não conseguia descansar. No último sonho que tive, eu estava deitado debaixo de um elefante, não conseguia me mexer e ele estava largando um dos maiores cagalhões que você já viu, estava prestes a cair, e então meu gato, Hambúrguer, passou por cima da minha cabeça e eu acordei. Se você contar esse sonho a um analista ele vai dizer que significa algo horrível. Porque você está pagando a ele uma nota preta, ele vai se assegurar de te fazer sentir mal. Vai te dizer que o cagalhão é um pênis e que você está com medo dele ou que o quer, algum tipo de merda assim. O que ele quer dizer de verdade é que *ele* está com medo ou quer o pênis. É só um sonho sobre um grande cagalhão de elefante, nada mais. Às vezes as coisas são apenas o que parecem, e é isso. O melhor intérprete do sonho é o sonhador. Economize seu dinheiro. Ou aposte em um bom cavalo.

Tomei um gole de saquê, frio. Minhas orelhas arderam e me senti um pouco melhor. Eu podia sentir meu cérebro pegando no tranco. Eu ainda não estava morto, apenas em um estado de rápida decadência. E quem não estava? Estávamos todos no mesmo barco furado, tentando nos divertir. Tipo, pegue o Natal. É, pro diabo com ele. O homem que o inventou nunca precisou carregar muita bagagem. O resto de nós tem que jogar fora a maior parte do lixo só para descobrir onde estamos. Bem, não onde estamos, mas onde não estamos. Quanto mais coisas você joga fora, mais consegue ver. Tudo funcionava ao contrário. Ande de costas e o Nirvana vai pular no seu colo. Claro.

Dei outro gole no saquê. Eu estava chegando perto. Fazendo a curva. Apenas a duas bolas de distância. Eu era Nick Belane, superdetetive.

Então o telefone tocou. Atendi como faria alguém normal. Bem, não exatamente. Às vezes, um telefone me fazia pensar em um cagalhão de elefante. Você sabe, toda a merda que se ouve. Um telefone é um telefone, mas o que vem por ele é outra questão.

— Você é um filósofo de merda — falou Madame Morte.

— Para mim — disse a ela —, sou perfeito.

— As pessoas vivem de ilusões — disse ela.

— Por que não? — sugeri. — O que mais tem lá fora?

— O fim delas.

— Bom, pro inferno — falei.

— Você que vai — disse Madame Morte. — O que está acontecendo com o rolo do Celine?

— Gata, tenho tudo planejado.

— Me dê uma pista, gorducho.

— Quero que você me encontre no Musso's amanhã à tarde, às duas e meia.

— Tudo bem. Mas é melhor você ter alguma coisa. Você tem?

— Benzinho, não posso te dar lista alguma.

— O que diabos você quer dizer com isso?

— Desculpe. Quis dizer, não posso te dar pista alguma.

— É melhor você ter alguma coisa...

— Posso apostar minha vida — disse a ela.

— Acabou de fazer isso — respondeu Madame Morte, desligando.

Desliguei o telefone, olhei para ele por um tempo. Peguei um charuto velho no cinzeiro, acendi e me engasguei.

Peguei o telefone e disquei o número de Celine.

Tocou quatro vezes. E aí ouvi a voz dele.

— Pronto?

— O senhor acaba de ganhar uma caixa com um quilo de cerejas com cobertura de chocolate e uma viagem grátis para Roma.

— Seja você quem for, não brinque comigo.

— Aqui é Nick Belane...

— Vou querer os chocolates...

— Quero que você me encontre no Musso's amanhã à tarde, às duas e meia.

— Por quê?

— Só apareça, francesinho, e seus problemas acabarão.

— Você paga?

— Sim.

— Estarei lá...

Desligou.

Ninguém mais dava tchau. Não no nosso mundo.

Encarei o saquê.

Depois fui com tudo.

27

Eram duas e quinze. Eu estava segurando uma mesa no Musso's. Tinha uma vodca com limão na minha frente. Celine e Madame Morte estavam prestes a se encontrar. Dois dos meus clientes. Os negócios iam bem, só estavam sem direção. O cara na cabine do outro lado ficou olhando para mim. Algumas pessoas encaravam, sabe, como vacas. Elas nem se davam conta de que faziam isso. Dei um gole na vodca, baixei o copo e olhei para cima. O cara ainda estava me olhando. *Vou dar a ele dois minutos*, pensei, *então, se ele não parar, estouro o saco dele*.

Cheguei a um minuto e quarenta e cinco segundos, e então o cara se levantou e começou a andar na direção da minha mesa. Examinei meu coldre. Estava lá. Confortável. A melhor ereção que um homem podia ter. O cara parecia um manobrista de estacionamento. Ou talvez um dentista. Tinha um bigode feio e um sorriso falso. Ou talvez fosse um bigode falso e um sorriso feio. Chegou perto da minha mesa, parou, fazendo sombra.

— Olha, parceiro — falei —, desculpe, não tenho trocado.

— Não te abordei por dinheiro, queridinho — disse ele.

Ele estava me deixando nervoso. Tinha olhos de peixe morto.

— Qual é a sua aflição, então? — perguntei. — Te expulsaram do teu quarto de motel?

— Não — falei —, eu moro com a minha mãe.

— Quantos anos você tem?

— Quarenta e seis — respondeu ele.

— Você é doente.

— Não, *ela* que é. Incontinência. Fraldas de borracha. O pacote todo.

— Ah — falei —, sinto muito.

— Eu também.

Ele apenas continuou lá.

— Bem — falei —, não sei o que posso fazer a respeito.

— Você não pode fazer nada...

Terminei minha bebida.

— Eu só queria te perguntar — comecei —, só queria te perguntar uma coisa.

— Ok. Ok. Vai em frente.

— Você não é o Spike Jenkins?

— Quem?

— Spike Jenkins. Costumava lutar em Detroit, peso-pesado. Vi você lutar com Tiger Forster. Uma das maiores lutas que já vi.

— Quem ganhou? — perguntei.

— O Tiger Forster.

— Eu não sou o Jenkins. Vai sentar lá de volta.

— Você não ia me ensebar, ia? Não é o Spike Jenkins?

— Nunca fui.

— Bem, maldição.

Ele se virou, voltou para o reservado dele e se sentou outra vez, assim como eu mandei.

Olhei no relógio. Eram exatas duas e meia. Onde eles estavam? Acenei para o garçom pedindo mais um drinque...

Às duas e trinta e cinco, Celine entrou. Ficou parado por um momento, olhando em volta. Acenei com meu guardanapo em um garfo. Ele veio e se sentou.

— Vou querer um uísque com soda — disse.

Sincronia perfeita. O garçom estava chegando com o meu segundo drinque. Fiz o pedido.

Sequei minha bebida em um gole. Estava me sentindo estranho. Como se nada importasse, sabe. Madame Morte. Morte. Ou Celine. O jogo havia me desgastado. Eu havia perdido impulso. A existência não era apenas absurda, era puro trabalho pesado. Pense em quantas vezes você veste sua cueca durante a vida. Era terrível, era nojento, era estúpido.

Então o cara do reservado estava lá de novo, fazendo sombra outra vez. Olhava para Celine.

— Ei, esse cara com você aqui, ele não é o Spike Jenkins?

— Cavalheiro — Celine olhou para ele —, se você valoriza seus colhões na atual conformação, por favor, vá embora bem rápido.

O cara saiu de novo.

— Tudo bem — disse Celine. — Por que estou aqui?

— Vou te colocar em contato com a Madame Morte.

— Então a Morte é uma madame, é?

— Às vezes...

A bebida de Celine chegou. Ele bebeu tudo.

— Essa tal Madame Morte — falou —, nós vamos expô-la?

— Você já viu Spike Jenkins lutar?

— Não.

— Ele se parecia comigo — disse a ele.

— Isso não parece uma grande vantagem.

Então *ela* entrou. Madame Morte. Vestida para matar. Caminhou até a nossa mesa, sentou-se na cadeira.

— Uísque *sour* — disse ela.

Acenei com a cabeça para o garçom. Fiz o pedido.

— Eu realmente não sei como apresentar vocês dois, porque não tenho certeza de quem vocês são — falei.

— Que tipo de detetive você é? — perguntou Celine.

— O melhor de L.A..

— Ah, é? E o que L.A. significa?

— Lerdos Arrombados.

— Você andou bebendo?

— Recentemente — respondi.

O uísque *sour* de Madame Morte chegou. Ela o bebeu de uma vez. Então olhou para Celine.

— Então, apresente-se. Qual o seu nome?

— Spike Jenkins.

— Spike Jenkins está morto.

— Como você sabe?

— Eu sei.

Acenei com a cabeça para o garçom e pedi mais três bebidas. E aí ficamos só lá sentados olhando uns para os outros.

— Agora — falei —, o que temos aqui é um impasse, um impasse definitivo. Enquanto isso, sou eu que estou pagando as bebidas. Então, vamos fazer uma apostazinha e quem perder chama a próxima rodada.

— Que tipo de aposta? — perguntou Celine.

— Ah, algo simples, como quantos dígitos tem o número da nossa carteira de motorista. Quer dizer, só os dígitos.

— Parece idiota — disse Celine.

— Leve na esportiva — falei.

— Não seja cagão — disse Madame Morte.

— Bom, vou ter que chutar — comentou Celine.

— Dê uma chance — respondi.

— Dê o seu melhor, benzinho — disse Madame Morte.

— Ok — falou Celine. — Vou chutar oito.

— Vou chutar sete — disse Madame Morte.

— Vou chutar cinco — falei. — Agora vamos ver nossas carteiras, vamos dar uma olhada.

Nós as tiramos.

— Ah — disse Madame Morte —, a minha tem sete!

— Droga — falei —, a minha tem sete.

— A minha tem oito — concluiu Celine.

— Não pode ser — retruquei. — Vem cá, me deixa dar uma olhada.

Estendi a mão e peguei a carteira dele. Contei os dígitos.

— A sua tem sete. Você contou a letra que vem antes dos números. Foi esse o engano. Olha aqui...

Entreguei a carteira para Madame Morte. Tinha sete números e outras informações: LOUIS FERDINAND DESTOUCHES, 1894-...

Caralho. Comecei a me tremer todo. Não uma grande tremedeira, mas de algum tamanho. Com muita força de vontade, a reduzi a um tiritar contínuo. Era demais. Era *ele*, sentado conosco à mesa do Musso's numa tarde que avançava em direção ao século XXI.

Madame Morte estava em êxtase, esse é o termo, em êxtase. Ela parecia de verdade linda, toda reluzente.

— Me dá a porra da minha carteira de motorista — disse Celine.

— Claro, garotão — respondeu Madame Morte, devolvendo-a com um sorriso.

— Bem — falei para Celine —, parece que você e eu perdemos. Então vamos jogar uma moeda para decidir quem paga, ok?

— Certo — disse Celine.

Peguei minha moeda da sorte, joguei-a no ar e gritei para Celine:

— Escolhe.

— *Coroa!* — gritou ele.

Ela caiu na mesa e ficou. Cara.

Peguei a moeda e a pus de volta no bolso.

— De alguma forma — disse a Celine —, tenho a sensação de que hoje não é o seu dia.

— É o meu — falou Madame Morte.

As bebidas chegaram.

— Põe na minha conta — disse Celine ao garçom.

Ficamos lá sentados com nossos drinques.

— De algum jeito, tenho a sensação de que fui trapaceado — disse Celine.

Ele engoliu a bebida.

— Me avisaram sobre vocês, esquisitos de L.A..

— Você ainda exerce a Medicina? — perguntei a ele.

— Vou embora daqui — respondeu.

— Ora, vamos — disse Madame Morte —, tome mais uma. A vida é curta.

— Não, vou dar o fora daqui!

Ele jogou uma nota de vinte na mesa, levantou e caminhou em direção à saída, depois sumiu.

— Bem — disse para Madame Morte —, ele se foi...

— Não exatamente.

Houve um som, o barulho de pneus cantando. E então um baque alto, como metal atingindo carne. Pulei da mesa e corri para fora. Lá no meio do Hollywood Boulevard estava o corpo imóvel de Celine. Uma mulher gorda com um grande chapéu vermelho, que dirigia um velho Oldsmobile, saiu do carro e gritou, gritou, gritou. Celine estava imóvel por completo. Eu sabia que ele estava morto.

Dei meia-volta e regressei ao Musso's. Madame M. se fora. Eu me sentei de novo à mesa. Minha bebida estava intocada. Dei um jeito nela. Depois, só fiquei sentado lá. *Os bons morrem velhos*, pensei. E aí fiquei só sentado lá um pouco mais.

— Ei, Jenkins. — Ouvi uma voz. — Todos os seus amigos foram embora. Para onde foram todos eles?

Era o fazedor de sombra. Ainda estava lá.

— O que você está bebendo? — perguntei.

— Rum com Coca-Cola.

Chamei o garçom.

— Dois runs com coca, um para mim e um para ele — apontei.

As bebidas chegaram. O fazedor de sombra sentou-se com a dele no reservado e eu me sentei com a minha na minha mesa.

Então ouvi a sirene. É quando você não a ouve que ela é para você.

Bebi meu drinque, pedi a conta, paguei com o cartão, dei vinte por cento de gorjeta e dei no pé.

28

No dia seguinte, no escritório, pus os pés em cima da mesa e acendi um bom charuto. Eu me considerava um sucesso. Havia resolvido um caso. Tinha perdido dois clientes, mas havia resolvido um caso. Mas o placar não estava zerado. Ainda havia o Pardal Vermelho. E o problema de Jack Bass com Cindy. E havia Hal Grovers e aquela alienígena, Jeannie Nitro. Meus pensamentos saltavam de Cindy Bass para Jeannie Nitro. Era um pensamento agradável. De qualquer modo, era melhor do que se sentar escondido no mato esperando os patos alçarem voo.

Comecei a pensar em resoluções para a vida. As pessoas que resolviam as coisas em geral tinham muita persistência e um pouco de sorte. Se você persistisse o suficiente, a boa sorte costumava vir. A maioria das pessoas não conseguia esperar pela sorte, então desistia. Não Belane. Sem cu doce. Voava alto. Entendia o jogo. Um pouco preguiçoso, talvez. Mas sagaz.

Abri a gaveta de cima à direita, catei a vodca e me permiti um trago. Um brinde à vitória. O vencedor escreve os livros de História, é rodeado por virgens adoráveis...

O telefone tocou. Atendi.

— Aqui é Belane.

— Ainda não foi a última vez que você me viu.

Era Madame Morte.

— Olha, boneca, não podemos fazer um trato?

— Nunca aconteceu, Belane.

— Vamos criar um precedente, dar uma chance, Madame.

— Sem chance, Belane.

— Bem, ok, e que tal me informar uma data, sabe, uma D.M.?

— O que é isso?

— Data da Morte.

— Que bem isso faria?

— Madame, eu poderia me preparar.

— De qualquer jeito, é o que todo ser humano deveria fazer, Belane.

— Mas Madame, a gente não faz: a gente esquece, ignora ou é estúpido demais para pensar nisso.

— Isso não é problema meu, Belane.

— E o que é problema seu, madame?

— Meu trabalho.

— Eu também, senhora, meu trabalho é problema meu.

— Bom para você, gorduchinho. Esta ligação foi apenas para que você saiba que não te esqueci...

— Ah, muito obrigado, Madame, você de fato alegrou meu dia.

— Até um dia, Belane...

Ela desligou.

Há sempre alguém pronto para estragar o seu dia, quando não a sua vida. Apaguei meu charuto, coloquei meu chapéu-coco, saí pela porta, tranquei-a, andei até o elevador e desci. Na rua, fiquei parado, observando as pessoas caminharem. Meu estômago começou a revirar e andei meia quadra até um bar, O Eclipse, entrei, sentei em um banquinho. Eu precisava pensar. Tinha casos para resolver e não sabia por onde começar. Pedi um uísque *sour* com uma cerveja para o rebote. Na verdade, estava com vontade de me deitar em algum lugar e dormir por semanas. O jogo estava me desgastando. Um tempo atrás ainda havia certa empolgação. Não muita, mas alguma. Você não vai querer ouvir. Casado três vezes, divorciado três vezes. Nascido pronto para morrer. Sem nada a fazer a não ser tentar resolver casos de que ninguém mais chegaria perto. Não pelo preço que eu cobrava.

O cara na ponta do balcão ficava olhando para mim. Eu podia senti-lo olhando. O lugar estava vazio exceto por mim, por ele e pelo garçom. Terminei minha bebida e chamei o atendente para pedir outra. Ele era quase todo só barba.

— A mesma coisa, hein? — perguntou ele.

— Sim — falei —, só que mais forte.

— Pelo mesmo preço? — quis saber ele.

— O que for possível — respondi.

— O que isso quer dizer?

— Você não sabe, garçom?

— Não...

— Bem, pense nisso enquanto prepara minha bebida.

Ele se afastou.

O cara na ponta do balcão chamou minha atenção, acenou, gritou:

— Como vai, Eddie?

— Eu não sou o Eddie — falei.

— Você parece o Eddie — disse ele.

— Não estou nem aí se pareço ou não o Eddie — respondi.

— Está procurando encrenca? — perguntou ele.

— Tô — falei —, você vai trazer?

O garçom trouxe a minha bebida, levou um pouco do dinheiro que eu havia deixado no balcão e me disse:

— Não te acho um cara legal.

— Quem te disse que você podia achar alguma coisa?

— Não tenho que te servir — disse ele.

— Se não quer o dinheiro, fica pra mim.

— Eu não quero *tanto* assim...

— E quanto você quer, diz aí...

— *Não serve mais nada pra ele* — gritou o cara na ponta do balcão.

— Mais uma palavra sua e eu vou enfiar o meu pé no seu rabo! Eles vão ter que drenar bolhas vermelhas das suas bochechas com um tubo de borracha.

O cara deu um sorriso amarelo. O garçom ainda estava lá.

— Olha — disse a ele —, acabei de entrar aqui pra tomar uma bebida em paz e com tranquilidade, e todo mundo começa a me encher o saco! A propósito, você viu o Pardal Vermelho?

— O Pardal Vermelho? O que é isso?

— Você vai saber quando vir. Diabo, não importa...

Terminei minha bebida e saí de lá. Estava melhor na rua. Só andei. Alguém tinha que desistir, e não seria eu. Comecei a contar cada idiota que passava por mim. Cheguei a cinquenta por hora em dois minutos e meio, e entrei em outro bar.

29

Entrei e me sentei em um banquinho. O garçom se aproximou.

— Oi, Eddie — cumprimentou ele.

— Eu não sou o Eddie.

— Eu sou Eddie — falou.

— Você não vai querer me fazer de otário — respondi.

— Não, você faz isso sozinho — disse ele.

— Olha, garçom, eu sou um homem pacífico. Bastante normal. Eu não cheiro sovacos nem uso calcinha e sutiã. Mas aonde quer que eu vá, alguém está tentando tirar uma comigo, não me dão descanso. Por que isso?

— Acho que você atrai essas coisas, de alguma forma.

— Bem, Eddie, pare de achar e veja se pode me fazer uma vodca dupla com tônica, com um toque de limão.

— Não temos limão.

— Tem sim. Estou vendo daqui.

— Aquele limão não é para você.

— Ah é? E pra quem é? Elizabeth Taylor? Agora, se você quiser dormir na sua própria cama esta noite, eu quero aquele limão. Na minha bebida. *Pronto*.

— Ah, é? E você vai fazer o quê? Você e quem mais?

— Mais uma palavra sua, garoto, e vai ter um problema respiratório.

Ele ficou ali olhando para mim, decidindo se pagaria ou não para ver. Piscou, então se afastou com sensatez e começou a preparar minha bebida. Eu o observava com atenção. Sem truques. Ele trouxe a bebida.

— Eu estava brincando, senhor, não dá mais nem pra fazer uma piada?

— Depende de com quem.

Eddie se afastou e ficou parado na outra ponta do balcão.

Peguei a bebida e a sequei em um gole. Aí tirei uma nota. Peguei o limão e espremi em cima da nota. Em seguida, enrolei a nota em volta do limão e o mandei rolando pelo balcão na direção do garçom. Parou bem na frente dele. Ele olhou para a nota. Levantei devagar, alonguei um pouco o pescoço, me virei e saí. Resolvi voltar ao escritório. Tinha trabalho a fazer. Meus olhos eram azuis e ninguém além de mim me amava. Caminhei cantarolando minha ária favorita de *Carmen*.

30

Destranquei a porta do meu escritório, abri, e lá estava ela: Jeannie Nitro, sentada na minha mesa, pernas cruzadas, balançando os pés.

— Belane, seu bêbado patético, como vai? — Ela sorriu.

Ela parecia ótima. Eu conseguia ver por que Grovers estava encrencado. Que importância tinha que ela fosse uma alienígena? Com aquela aparência, você até gostaria de mais delas por perto. Mas Grovers era meu cliente. Eu tinha que dar um jeito nela, tirá-la de cena. Eu nunca tinha um momento de descanso. Estava sempre fazendo algo para alguém.

Dei a volta na mesa, me joguei na cadeira, joguei meu chapéu-coco no porta-chapéus, acendi um charuto e suspirei. Jeannie só ficou sentada na mesa, balançando as pernas.

— Respondendo à sua pergunta, Jeannie, vou bem.

— Vim fazer um trato com você, Belane.

— Prefiro ouvir uma sonata de Scarlatti.

— Há quanto tempo você não tem uma mulher?

— Quem se importa?

— Você deveria.

— E se eu não me importar?

— Suponha que você se importe.

— Você está me oferecendo seu corpo, Jeannie?

— Talvez.

— Talvez o quê? Ou está ou não.

— O corpo é parte do acordo.

— Que é...

Jeannie saltou da mesa e começou a andar pelo tapete. Ela parecia muito bem andando pelo tapete.

— Belane — disse ela, ainda caminhando —, estou na primeira onda de uma força invasora vinda do espaço. Nós vamos dominar a Terra.

— Por quê?

— Sou do planeta Zaros. Estamos superpovoados. Precisamos da Terra para o nosso excesso de população.

— Bem, por que diabos vocês só não vêm pra cá? Vocês parecem iguais aos humanos. Ninguém ia notar.

Jeannie parou de andar e me encarou.

— Belane, esta não é a nossa aparência. O que você está vendo é apenas uma ilusão.

Jeannie se aproximou e se sentou na minha mesa de novo.

— Qual é a sua aparência real? — perguntei.

— Assim — disse ela.

Houve um clarão de luz roxa. Olhei para a minha mesa. E lá estava aquela coisa. Parecia uma cobra bem maior do que a média, coberta por pelos grossos, e tinha no centro um único olho em um globo redondo e viscoso. A cabeça não tinha olhos, apenas uma boca fina. Era uma coisa de aparência verdadeiramente horrível. Peguei o telefone, levantei bem alto e o baixei com força. Errei. A coisa havia se arrastado para o lado. Rastejou pelo tapete. Corri atrás dela para esmagá-la com meu sapato. Houve outro clarão de luz roxa, e então lá estava Jeannie outra vez.

— Seu idiota — disse ela —, você tentou me matar. Não me irrite ou eu vou acabar com você!

Os olhos dela estavam em chamas.

— Tudo bem, benzinho, tudo bem, eu só fiquei meio confuso. Desculpe.

— Tudo bem, esqueça. Veja, somos uma força de vanguarda enviada para mapear a Terra para nossa população em excesso. Mas achamos que seria sensato alistar alguns de vocês, humanos, em nossa causa. Como você.

— Por que eu?

— Você é o tipo perfeito, é crédulo, egocêntrico e não tem caráter.

— E qual é a do Grovers? Por que ele? Por que os cadáveres? Como ele se encaixa?

Jeannie riu.

— Não se encaixa. Havíamos acabado de *aterrissar*. Eu me apeguei um pouco a ele, só um flerte de leve, algo para fazer...

— E quanto a mim? Você tem tesão por mim, gostosa?

— Você é útil para a causa.

Ela veio na minha direção. Eu estava extasiado por completo. Seu corpo estava contra o meu, fizemos pressão um contra o outro. Nos abraçamos e nossas bocas se uniram. A língua dela dardejou em minha boca, era quente e se remexia como uma pequena cobra.

Eu a afastei com um empurrão.

— Não — falei. — Desculpe, não posso!

Ela olhou para mim.

— O que foi, Belane? Velho demais?

— Não é isso, meu bem...

— O que é?

— Não quero ferir seus sentimentos...

— Diga, Belane...

— Bem, você pode virar de novo aquela coisa feia, com a protuberância no meio e aquele único olho...

— Ora, seu gordo de merda, os zaronianos são lindos!

— Achei que você não entenderia...

Dei a volta na mesa, me sentei, abri a gaveta, encontrei a garrafa de vodca, abri a tampa, tomei um gole.

— Como vocês pousaram? — perguntei a Jeannie.

— Tubo espacial.

— Tubo espacial, hein? Quantos de vocês?

— Seis.

— Não sei se posso te ajudar, meu bem...

— Você *vai* me ajudar, Belane.

— E se eu não fizer isso?

— Você é um homem morto.

— Senhor... Primeiro a Madame Morte. Agora você. Tudo o que vocês, mulheres, fazem é me ameaçar de morte. Bem, talvez eu tenha uma opinião sobre isso!

Procurei a Luger na gaveta. Peguei-a na mão. Tirei a trava de segurança e mirei nela.

— Vou explodir você e te mandar de volta até Zaros, benzinho.

— Vá em frente, puxe o gatilho!

— O quê?

— Eu disse "puxe o gatilho", Belane!

— Acha que eu não puxo?

Eu já podia sentir um pouco de suor nas têmporas.

— Acha que eu não puxo? — repeti.

Jeannie apenas sorriu.

— Puxe o maldito gatilho, Belane!

O meu rosto inteiro era uma massa de suor.

— Por favor, volte para Zaros, querida!

— *Não!*

Puxei o gatilho. Houve o som de um rugido e o coice da arma na minha mão. Esfreguei o suor dos olhos e observei.

Jeannie estava ali, sorrindo para mim. Olhei com mais atenção. Ela estava com algo na boca. Era a bala. Ela havia pegado a bala com os dentes. Andou em direção à mesa, parou. E aí cuspiu a bala no meu cinzeiro.

— Querida — falei —, podemos ganhar muito dinheiro com esse truque! Podemos nos unir! Podemos ficar ricos! Pense nisso!

— Eu nem pensaria nisso, Belane. Seria um mau uso dos meus poderes.

Tomei outro gole da vodca. Eu tinha um problema sério ali com Jeannie.

— Agora — disse Jeannie — estou alistando você para nossa causa, a Causa de Zaros, quer você goste ou não. Ainda estamos revisando nosso plano de ocupar a Terra. Você será contatado e avisado quando precisarmos.

— Olha, Jeannie, você não pode pegar qualquer outro para a droga dessa coisa?

Ela sorriu.

— Belane, você foi escolhido!

Houve um flash de luz roxa, e ela se foi.

31

Chamei Grovers por telefone. Ele atendeu.

— Como vão os negócios, Grovers?

— Estáveis — disse ele. — Aqui não tem crise.

— Seu caso com Jeannie Nitro está encerrado. Ela não vai mais te incomodar. Vou te mandar a conta com as despesas finais.

— Despesas finais? Você está tentando me enrolar?

— Grovers, eu tirei aquela gata alienígena do seu pé. É hora de você me pagar.

— Tudo bem, tudo bem... mas como você conseguiu?

— Segredo profissional, benzinho.

— Tudo bem, suponho que eu deva agradecer.

— Não suponha, só agradeça. E pague sua conta, a menos que queira usar um de seus caixões de pinho. Ou você prefere nogueira?

— Bem, vejamos... — começou ele.

Suspirei e desliguei.

Pus os pés em cima da mesa. Eu estava fazendo progresso. Agora tudo que eu tinha a fazer era meter na bunda de Cindy Bass e localizar o Pardal Vermelho. Claro, Jeannie Nitro agora era *meu* problema. Eu era meu próprio cliente. Mas Celine e Grovers eram coisa do passado. Em certo sentido, eu estava começando a me sentir um profissional de verdade. Mas antes que eu pudesse relaxar, Madame Morte entrou de novo na minha mente. Ela ainda estava lá.

O telefone tocou, atendi. Era Madame Morte.

— Ainda estou aqui, Belane.

— Por que você não tira férias, querida?

— Não posso. Gosto demais do meu trabalho.

— Ouça, posso te fazer uma pergunta?

— Claro.

— Você trabalha só na Terra?

— O que quer dizer?

— Bem, quer dizer, seu trabalho inclui, digamos, hum... alienígenas?

— Claro. Alienígenas, vermes, cachorros, pulgas, leões, aranhas, o que você quiser.

— Bom saber.

— O que é bom saber?

— Que você trabalha com alienígenas.

— Você me dá tédio, Belane.

— Fico feliz, querida.

— Ouça, tenho trabalho a fazer...

— Só me responda uma pergunta...

— Talvez. O que é?

— Como se mata um alienígena?

— Sem problemas.

— Uma bala não vai resolver. O que você usa?

— Isso é segredo profissional, Belane.

— Pode me contar, querida, meus lábios estarão selados para sempre.

— Gorducho — disse ela pouco antes de desligar —, posso cuidar disso para você.

Desliguei o telefone e pus os pés de volta na mesa. Senhor, seis alienígenas à espreita e me alistando para a causa. Eu deveria notificar as autoridades. Claro, que grande bem isso faria. Eu tinha de resolver sozinho. Parecia difícil pra cacete. Talvez eu devesse deixar a questão assentar por um tempo. Abri a vodca e dei um gole. Afinal, ainda havia o Pardal Vermelho e Cindy Bass. Peguei uma moeda e joguei: cara, Pardal Vermelho; coroa, Cindy Bass. Deu coroa. Sorri, me recostei na cadeira e pensei nela: Cindy Bass. Acertou em cheio.

32

Bem, para comemorar meu progresso como provavelmente o maior detetive de L.A., fechei o escritório, desci pelo elevador e fui para a rua. Experimentei caminhar para o sul, segui, cheguei ao Sunset Boulevard e o atravessei. O problema com o Sunset, no meu bairro, é que não tinha muitos bares. Continuei andando. Por fim encontrei um, um lugar de meia-tigela. Não estava no clima para sentar em uma banqueta. Peguei lugar num reservado. Aí veio a garçonete. Estava de minissaia, salto alto, blusa transparente, sutiã com enchimento. Tudo era um número menor que ela: a roupa, o mundo, a mente. Seu rosto era duro como aço. Quando ela sorria, doía. Nela e em mim. Ela continuou sorrindo. Aquele sorriso era tão falso que os pelos dos meus braços se arrepiaram. Desviei o olhar.

— Olá, querido! — disse ela. — O que vai querer?

Não olhei para o rosto dela. Olhei para a barriga. Estava de fora. Havia uma rosinha de papel, vermelha, colada no umbigo. Falei com a rosa de papel.

— Vodca e água tônica, com limão.

— Claro, querido!

Ela se afastou, tentando balançar o traseiro de um jeito atraente. Não funcionou.

De imediato, comecei a ficar deprimido.

Não, não, Belane, eu disse a mim mesmo.

Não funcionou. Todo mundo estava fodido. Não havia vencedores. Só vencedores na aparência. Estávamos todos correndo atrás de um monte de nada. Dia após dia. A sobrevivência parecia ser a única necessidade. Não parecia o bastante. Não com Madame Morte esperando. Isso me deixava louco quando eu pensava a respeito.

Não pense nisso, Belane, eu disse a mim mesmo.

Não funcionou.

A garçonete chegou com minha bebida. Pus uma nota na mesa. Ela pegou.

— Obrigada, querido!

— Pera lá — falei —, me traz o troco.

— Não tem troco.

— Então, considere a sua gorjeta incluída.

Ela arregalou os olhos. Estavam vazios.

— E o que é você, a porra de um caubói?

— O que é um caubói?

— Você não sabe o que é a porra de um caubói?

— Não.

— É alguém que quer montar de graça.

— Você pensou nessa sozinha?

— Não. É assim que as garotas chamam.

— Que garotas? As vaqueiras?

— Senhor, você tem um bicho-carpinteiro no rabo ou o quê?

— É mais provável que "o quê".

— *Mary Lou!* — Ouvi uma voz alta. — *Esse escroto está te criando problemas?*

Era o garçom, um cara baixinho com sobrancelhas de lagarta.

— Não se preocupe, Andy, eu cuido desse escroto.

— Sim, Mary Lou — falei —, é provável que você já tenha cuidado de uma porção de escrotos.

— O *que, seu chupa-rola?!* — gritou ela.

Vi o Sobrancelhas de Lagarta pular sobre o balcão. Um belo truque para um cara daquele tamanho. Bati meu copo na mesa e me levantei para encará-lo. Eu me desviei da direita do Sobrancelhas e cravei meu joelho nas partes dele. Ele caiu, rolando no chão. Dei um chute na bunda dele e saí andando pelo Sunset Boulevard.

Minha sorte nos bares estava ficando cada vez pior.

33

Então fui para casa e bebi, e lá se foram o dia e a noite.

Acordei por volta do meio-dia, eliminei alguns resíduos, escovei os dentes, fiz a barba, me examinei. Não me sentia tão mal. Não sentia muita coisa. Vesti-me. Pus um ovo para cozinhar, deixei a água ferver. Bebi um copo com metade suco de tomate, metade cerveja. Deixei o ovo embaixo da água fria, descasquei, comi e estava pronto como nunca.

Peguei o telefone e liguei para Jack Bass no escritório dele. Disse a ele quem eu era. Ele não pareceu feliz.

— Jack, lembra daquele francês de quem falei?

— Sim? O que tem ele?

— Eu o tirei do caminho.

— Como?

— Está morto.

— Ótimo. Era ele?

— Bem, ele estava em contato com ela.

— Contato? Que raios você quer dizer com isso?

— Não quero te magoar.

— Vá em frente, Belane.

— Ouça, estou tentando meter na bunda da Cindy. Foi para isso que você me contratou. Certo?

— Não sei por que te contratei. Acho que foi um erro.

— Jack, eu peguei o francês. Ele está morto.

— Então, em que pé estamos?

— Ele não pode mais transar com ela.

— Ele transou?

— Jack...

— E você? Toda essa merda de "meter na bunda dela"! Você é um pervertido?

— Olha, estou bem na cola da Cindy. Queremos provas bem firmes.

— Lá vai você de novo!

— Estamos chegando perto, Jack. Não vai demorar. Confie em mim.

— Então havia mais do que o francês?

— Acho que sim.

— Você acha? Você acha? Diabo, estou te pagando um bom dinheiro. Já se passaram semanas e tudo o que você tem pra me dizer é que tem um francês morto e "acho que sim"? Você está só andando em círculos! Eu quero ação! Eu quero provas! Quero esse negócio escancarado por completo!

— Dentro de sete dias, Jack.

— Você tem seis.

— Seis dias, Jack.

Houve um silêncio no outro lado da linha. E aí ele falou outra vez.

— Tudo bem. Vou para o aeroporto em uma hora. Tenho negócios a tratar no Leste. Volto em seis dias.

— Tudo vai se resolver, benzinho.

— Não me chame de benzinho. Que merda é essa de benzinho?

— Só maneira de falar...

— Você arruma essa bagunça ou nos vemos no inferno, filho da puta!

— Está falando comigo, Jack?

Eu estava segurando um telefone mudo. Ele havia desligado na minha cara. O babaca. Bem... era hora de começar a trabalhar...

34

Então, lá estava eu, estacionado do lado de fora da casa de Bass, um terço de quarteirão para trás. Era o entardecer, não, era de noite, por volta das oito. O Mercedes vermelho de Cindy na garagem. Eu tinha um palpite de que estava no caminho certo. Algo estava para acontecer. Havia um cheiro no ar. Apaguei meu charuto. Peguei o telefone do carro e disquei para saber os resultados do nono páreo. Tinha perdido de novo. A vida era cansativa. Eu me sentia oprimido, gasto. Meus pés doíam.

Era provável que Cindy estivesse assistindo a algo estúpido na TV, cruzando as pernas fantásticas e rindo de algo fútil e óbvio. Então comecei a pensar em Jeannie Nitro e os cinco amigos espaciais dela. Eles queriam me alistar. Eu não estava à venda. Precisava acabar com aquela gangue. Tinha que haver um jeito. Talvez, se eu conseguisse encontrar o Pardal Vermelho, o Pardal Vermelho cantaria a resposta para mim. Eu estava ficando louco? Aquilo estava acontecendo?

Peguei o telefone e disquei para John Barton. Ele atendeu.

— Ouça, John, aqui é Belane. Estou tendo problemas para chegar ao Pardal Vermelho. Talvez seja melhor você arrumar outro cara.

— Não, Belane, confio em você, você vai conseguir.

— Você realmente acha isso?

— Não tenho dúvidas.

— Bom, vou ficar no caso então.

— Certo.

— Entrarei em contato se descobrir alguma coisa.

— Faça isso. Boa noite.

Ele desligou. Cara legal.

Comecei a reacender meu charuto. Quase me engasguei. Cindy Bass estava saindo de casa. Ela andou até o carro. Entrou.

Querida, querida, mostre o caminho.

Ela deu partida, acendeu os faróis e saiu de ré da garagem. Manobrou, indo para o norte. Eu a segui para lá por meio quarteirão ou mais. Então ela dobrou na avenida principal, a Pacific Coast Highway, para ser exato. Foi para o sul. Eu estava a uma distância de cerca de três carros. Ela atravessou um cruzamento e o sinal ficou vermelho para mim. Tive que furar. Foi por pouco, mas não bati. Ouvi as buzinas e alguém me chamou de babaca. Esse pessoal não tinha originalidade.

E aí eu estava três carros atrás dela de novo. Ela estava na faixa da direita. Começou a diminuir a velocidade e entrou em uma garagem, uma garagem de motel. *Honeydunes Motel.* Delícia. Ela entrou e estacionou em frente ao número 9. Dirigi até o número 7, parei o carro, desliguei os faróis e esperei.

Ela desceu, seguiu a calçada até a porta e bateu.

A porta se abriu e havia um cara lá.

Ah, Cindy!

O cara ficou na luz e pude vê-lo. Bonitão. Quer dizer, não para mim. Mas para ela, devia ser. Era jovem. Rosto liso e branco com sobrancelhas finas, bastante cabelo. Na verdade, parecia usar rabo de cavalo. Você conhece o tipo. Era uma trança. Um verdadeiro babaca. Eles se abraçaram na porta. Deram algum tipo de beijo. Ouvi a risada de Cindy. Então ela entrou e a porta foi fechada.

Peguei minha filmadora e caminhei até a recepção. Entrei. Não tinha ninguém. Havia uma pequena escrivaninha. Uma campainha. Toquei. Nada. Bati na campainha com força, seis vezes.

Alguém veio andando. Um velhote. Estava descalço, usava uma longa camisola e uma touca.

— Ah-rá — falei —, pronto para tirar um bom e velho ronco, hein?

— Talvez eu esteja, talvez não. O que você tem a ver com isso?

— Sem querer ofender, senhor. Preciso de um quarto. Você tem uma vaga?

— Você é um cafetão?

— Ah, não, senhor.

— É traficante?

— Não, senhor.

— Quem dera fosse. Preciso de um pouquinho de pó.

— Sou um vendedor de Bíblias, senhor.

— Isso é nojento!

— Só tentando espalhar a palavra.

— Bem, não espalhe essa merda perto de mim.

— Como quiser.

— Puta merda!

— Bem, senhor, eu preciso de um quarto.

— Temos dois. O 8 e o 3.

— Você disse 8?

— Eu disse, 8 e 3. Você não escuta direito?

— Vou ficar no 8.

— Trinta e cinco dólares. Em dinheiro.

Saquei o dinheiro. Ele o pegou e bateu uma chave no balcão.

— Eu não levo um recibo?

— Um o quê?

— Um recibo.

— Soletre.

— Não consigo.

— Então não leva.

Peguei a chave, saí, desci até o 8 e destranquei a porta. Lugar bonito. Se você fosse um sem-teto.

Achei um copo na cozinha. Peguei-o e o encostei na parede que dava para o número 9. Que sorte. Eu conseguia ouvi-los.

— Billy — ouvi Cindy Bass dizer —, não vamos nos apressar.. Quero conversar um pouco antes.

— Podemos conversar depois — disse Billy. — Estou com essa vara aqui e tenho que fazer algo com ela. Preciso de carne, não de papo!

— Quero tomar um banho primeiro, Billy.

— Banho? O que você andou fazendo, cuidando do jardim?

— Ah, Billy, você é tão engraçado!

— Tudo bem, vá tomar seu banho! Vou jogar um pouco de água gelada nessa cobra!

— Ah, Billy, ha, ha, ha!

Sorri pela primeira vez em semanas.

Eu ia pegá-la de jeito.

35

Mantive o copo encostado na parede e continuei ouvindo. Escutei o som de água correndo do chuveiro. Pobre Bass, ele estava certo. Mas todo mundo estava certo, e errado, e muito pelo contrário. Mas de que de fato importava quem comia quem? No fim das contas, era tudo tão monótono. Foder, foder, foder. Bem, as pessoas se apegavam. Depois de cortar o cordão umbilical, elas se ligavam a outras coisas. Visão, audição, tesão, dinheiro, delírios, mães, masturbação, mortes e manhãs de ressaca às segundas.

Baixei o copo, enfiei a mão no casaco, achei a garrafa de gim, dei um trago. Isso sempre limpava as teias da mente.

Comecei a pensar em outro ramo de trabalho. Ali estava eu pronto a entrar de supetão e filmar uma cena de foda e eu apenas não tinha qualquer prazer nisso. Era só um trabalho, o aluguel, a bebida, só a espera pelo último dia ou noite. Matando tempo. Que merda. Eu deveria ter sido um grande filósofo, diria a todo mundo como éramos imbecis, sem fazer nada, sugando ar para dentro e para fora dos pulmões.

Merda, eu estava ficando deprê. Tomei outro gole de gim e encostei o copo de volta na parede. Ela devia ter acabado de sair do banho.

— Deus do Céu — disse ele —, você é uma baita gostosa.

— Ah, Billy, acha mesmo?

— Foi o que acabei de dizer, não foi?

— Você me diz as coisas mais lindas, Billy.

— Quer dizer, olha o *tamanho* desses peitos! Era pra você cair de cara no chão, mas acho que o seu rabão é que mantém o equilíbrio.

— Ah, eu não tenho a bunda grande, Billy.

— Gostosa, não fica atrás de nenhuma outra! Isso aí nem é mais uma bunda, é um caminhão basculante cheio de geleia, gelatina e bolinhos!

— Mas, Billy, e quanto a *mim*? E o que tenho *dentro* de mim?

— Gostosa, não tá vendo essa coisa aqui na minha frente pulsando e vibrando? *Eu* vou pra dentro de você!

— Billy, acho que mudei de ideia...

— Gostosa, não tem nada pra mudar em você! Vem cá! Sobe aqui na Torre de Força!

Tirei o copo da parede, verifiquei minha filmadora, me esgueirei porta afora e fui até a varanda do número 9. A fechadura foi barbada. Abri com meu cartão Visa.

Ouvi as molas do colchão implorando por misericórdia no quarto. Liguei a filmadora e corri para dentro. Peguei. Billy estava fodendo como dez coelhos. De alguma forma, ele me notou. Rolou de lado e saltou para o chão. A boca estava aberta. Ele ficou bastante surpreso e depois bastante irritado. Com naturalidade.

Ele olhou para mim.

— Merda, que é isso? Que *porra* é essa?

Cindy estava sentada na cama.

— Ele é um detetive, Billy. Um louco. Ele flagrou Jack e eu trepando e começou a filmar a gente. É um lunático.

Olhei para ela.

— Cala a boca, Cindy! Acabou! Eu enfim meti na tua bunda!

Billy se aproximou de mim.

— Ei, camarada, acha que eu vou deixar você sair vivo daqui?

— Ah, sim, Billy, meu garoto, não vou ter problema algum em sair daqui, problema algum mesmo.

— Quem disse?

— A minha amiga aqui.

Saquei a .32 do coldre de ombro.

— Essa maldita coisa não vai me impedir.

— Experimenta, babaca!

Ele continuou andando devagar na minha direção.

— Eu matei três homens, Billyzinho. Quatro não vai custar nada!

— Mentiroso, mentiroso — ele sorriu, ainda avançando —, tua batata está assando!

— Mais um passo, cabeça-oca, e acabou!

Ele deu o passo. Eu atirei.

O cara ficou lá parado. Então enfiou a mão no umbigo e puxou a bala para fora. Não havia sangue, nem mesmo um hematoma.

— Balas não significam nada para mim — disse ele —, e você também não.

Ele arrancou a arma da minha mão e a jogou para o canto do quarto.

— Agora somos só eu e você — falou.

— Olha, amigo, vamos conversar. Pode ficar com a filmadora. Estou me aposentando desse negócio. Você nunca mais vai me ver de novo.

— Sei que não. Porque vou te matar!

— Isso — disse Cindy da cama —, mata o canalha imundo!

Eu olhei.

— Fica fora disso, Cindy, é entre o cavalheiro e eu.

Olhei para Billy.

— Certo, Billy?

— Certo — respondeu ele.

Então ele me pegou e me lançou para o outro lado do quarto. Bati na parede e caí no chão.

— Billy — falei —, não vamos deixar que uma bunda grande em que metade da cidade já meteu cause algum ressentimento entre nós!

Billy riu e se aproximou de mim.

36

E aí eu percebi. Esse cara era um dos alienígenas. Por isso ele não tinha sentido a bala.

Levantei e me encostei à parede.

— Já saquei qual é a sua, Billy! — gritei.

Ele parou.

— É? Conta mais.

— Você é um alienígena!

Cindy riu.

— Eu disse que esse cara era maluco!

Olhei para Cindy.

— Esse cara não passa de uma coisa parecida com uma cobra com pelos e um olho grande. Ele está escondido no que parece ser um corpo humano, mas é uma miragem.

Billy ficou lá parado olhando para mim.

— Onde você conheceu esse cara, Cindy? — perguntei.

— Em um bar. Mas não acredito nas suas lorotas. Ele não é um alienígena.

— Pergunte a ele.

Cindy riu outra vez.

— Ok, Billy, você é um alienígena?

— Hã? — respondeu ele.

— Viu? Viu? — disse a Cindy.

Billy olhou para ela.

— Vai acreditar nesse maluco?

— Claro que não, Billy. Agora, vá em frente, acabe com ele!

— Certo, querida...

Billy se aproximou de mim. Então surgiu na sala um clarão de luz roxa, e lá estava Jeannie Nitro.

— Jeannie — disse Billy —, eu...

— Cala a boca, desgraçado! — exclamou Jeannie.

— Que diabos está acontecendo aqui? — perguntou Cindy, começando a se vestir.

Billy ainda estava peladão.

— Desgraçado — disse Jeannie —, eu te avisei que não haveria confraternização com os humanos!

— Querida, não pude evitar, fiquei com tesão. Eu estava sentado uma noite em um bar e essa gata entrou.

— Suas ordens eram "sem sexo com terráqueos"!

— Jeannie, você sabe que é tudo para mim. Só que você tem andado ocupada e tal...

— Billy, chega pra você! — Ela apontou a mão direita para ele.

— Não, Jeannie, não!

Houve um clarão roxo e no mesmo instante Billy se transformou em uma cobra peluda com um olho remelento e começou a se contorcer veloz pelo chão. Mais uma vez, a mão direita de Jeannie apontou para ele, houve outro clarão e um rugido, e então Billy, o alienígena, se foi.

— Não acredito no que acabei de ver! — disse Cindy.

— Sim — falei —, eu sei.

Jeannie olhou para mim.

— Não se esqueça, Belane, você foi escolhido para a causa, a causa de Zaros.

— Sim — falei —, não consigo esquecer.

Houve um terceiro clarão, e Jeannie se foi.

Cindy agora estava vestida por completo, mas ainda em estado de choque.

— Não acredito no que acabei de ver aqui.

— Benzinho, Jack me contratou para arrumar a sua bagunça, e foi isso que fiz.

— Tenho que sair daqui!

— Vai. Só não se esqueça do que eu tenho aqui nesta filmadora. Você vai andar na linha ou eu entrego tudo para o Jack.

— Tudo bem — ela suspirou —, você venceu.

— Sou o maior detetive de L.A.. Você precisa reconhecer isso agora.

— Olha, Belane, tem uma coisa que posso te dar em troca dessa filmadora.

— Hã?

— Você sabe o que eu quero dizer.

— Não, não, Cindy, você não pode me comprar. Mas valeu a tentativa.

— Bom, vai se foder, gordo!

Ela se virou e foi em direção à porta. Observei aquelas ancas inacreditáveis em movimento.

— Cindy! — chamei. — Espera um pouco!

Ela se virou, sorrindo.

— Sim?

— Deixa pra lá. Pode ir...

Então ela saiu.

Entrei no banheiro e me aliviei, e não quero dizer que tive um movimento intestinal. Mas eu era um verdadeiro profissional. Mais um caso resolvido.

37

No dia seguinte, no escritório, liguei para Jack Bass.

— Você ainda quer se divorciar da Cindy, Jack?

— Não sei. Você conseguiu alguma coisa contra ela?

— Vamos colocar desta forma: os dois cavalheiros com quem ela teve contato agora estão mortos.

— Contato. Que diabos você quer dizer com "contato"?

— Jack, por favor, esses caras estão mortos agora, tinha um francês e um alienígena.

— Um alienígena? Que tipo de bobagem você está tentando me empurrar?

— Não é bobagem, Jack. Fomos invadidos por alguns alienígenas de Zaros. Ela conheceu um deles em um bar. Sujeito muito bem-dotado.

— Ele agora está morto?

— Sim, ele e o francês, como eu disse.

— Você mata gente?

— Jack, esses caras se foram. Cindy não vai mais putear. Pode relaxar.

— Como eu sei que ela não vai mais putear?

— Não se preocupe. Eu tenho um ás na manga. Ela não vai putear.

— Você tem algo na sua câmera que ela não quer que eu veja, é isso?

— Talvez sim. Talvez não. Vamos apenas dizer que posso meter na bunda dela com o que tenho se ela aprontar das dela.

— Mas eu quero que ela fique comigo por mim, não por alguma chantagem.

— Chantagem ou chatice, Jack, ela não vai mais putear. Eu me livrei dos contatos dela e ela vai manter a calcinha no lugar. O que mais você quer? Talvez ela até comece a gostar de você. Dê uma chance para ela mudar. Ela é jovem, precisava de uma aventura, que diabos.

— Com um alienígena?

— Considere-se feliz. Ninguém jamais saberá quem ele era. É quase como se não tivesse acontecido.

— Mas aconteceu. Você disse que ele era bem-dotado? Quão bem-dotado ele era?

— Difícil dizer. Ele estava mandando ver...

— Você assistiu?

— Eu interrompi.

— E o francês? Ele também era bem-dotado?

— Jack, esses dois caras estão mortos. Esqueça. Você receberá minha conta pelo correio daqui a alguns dias.

— Há algo nisso tudo que não me agrada.

— Ela não vai mais putear, Jack.

— Mas e se ela continuar?

— Ela não vai porque sabe que eu posso meter na bunda dela.

— Lá vai você de novo. Você não estava comendo ela, estava?

— Jack, Jack, Jack, por favor! Eu sou um profissional.

— E esses caras estão mortos? Como eu vou ter certeza disso?

— Jack, você saberá pela maneira como ela se comporta. Agora pare de se preocupar. Tem mais alguma coisa que quer que eu resolva? Eu sou o melhor detetive de L.A..

— Não tenho nada agora.

— Ok, Jack, tenha um bom dia.

— Certo, certo...

Desliguei.

Abri a gaveta da escrivaninha e peguei a vodca, tomei um trago. As coisas estavam dando certo. Agora tudo que eu tinha que fazer era encontrar o Pardal Vermelho. E parar de me enrolar com os alienígenas. Ou Madame Morte.

Tomei outro gole de vodca. E me dei a liberdade de me sentir bem. Por um momento.

38

Em seguida, falei com John Barton ao telefone. Ele dirigia uma gráfica no norte.

— Belane aqui, John...

— É bom ter notícias suas, Nick. Como vai?

— Meio parado, John. Preciso de mais informações sobre esse Pardal Vermelho.

— Bem, queremos fazer do Pardal Vermelho o logotipo da nossa empresa. Torná-lo bem conhecido. Mas agora ouvi dizer que há outro Pardal Vermelho por aí, em algum lugar. Precisamos encontrá-lo se ele existir.

— Isso é tudo o que você tem?

— Bem, talvez também um... palpite...

— Já viu esse Pardal Vermelho?

— Ouvi dizer que foi avistado.

— Ouviu? Ouviu onde?

— Fontes sigilosas. Não posso falar muito.

— Vamos dizer que eu encontre esse pássaro? O que quer quc cu faça? Ponha numa gaiola?

— Não, só me dê alguma prova concreta de que existe. Pra satisfazer minha curiosidade.

— E suponha que eu nunca encontre esse pássaro?

— Se ele existir, você vai encontrá-lo. Boto fé em você.

— Escuta, este é o caso mais louco em que já me meti.

— Sempre disse pra todo mundo que você era um grande detetive. Você vai provar isso para mim. Vai achar o Pardal Vermelho.

— Tudo bem, John. Vou trabalhar nisso. Mas não sou mais uma criança. Acordo cansado. Acho que pulei algumas fases.

— Você está no auge. Vai conseguir.

— Tudo bem, John, vou tentar...

— Ótimo!

Pus o fone no gancho. Bem, então era isso. Mas por onde começar?

Resolvi tentar o bar mais próximo.

Eram por volta de três da tarde. Achei uma banqueta e me sentei. O bartender apareceu. Tinha cara de solitário. Não tinha pálpebras. Cruzinhas verdes pintadas nas unhas. Algum tipo de doido. Não havia como evitá-los. A maior parte do mundo estava louca. E a parte que não estava louca tinha raiva. E a parte que não estava nem louca nem com raiva era apenas estúpida. Eu não tinha chance. Eu não tinha escolha. Só aguentar firme e esperar pelo fim. Era trabalho pesado. O trabalho mais difícil que se poderia imaginar. Eu me forcei a olhar para o garçom.

— Uísque com água — pedi.

Ele ficou lá parado.

— Uísque com água — repeti.

— Ah — disse ele. E aí saiu saltitando.

Pelo canto do olho, eu a vi entrar. Por que a gente diz "canto do olho"? Os olhos não têm cantos. De qualquer forma, eu a vi entrar. Uma velha amiga. Sentou na banqueta à minha direita.

— Oi, otário — disse ela. — Está pagando?

— Claro, benzinho.

Era a Madame Morte.

— *Eí, garoto!* — gritei para o bartender. — Prepara dois!

— Hã? — perguntou ele.

— Prepara dois uísques com água, por favor.

— Ah, ok — disse ele.

— O que está fazendo, gorduchinho? — perguntou a Madame.

— Solucionando casos, como sempre.

— Ou seja: devagar, quase parando.

— Não, benzinho, não. Veja, eu sou o melhor detetive de L.A..

— Isso não quer dizer muita coisa.

— Melhor do que bater punheta com a mão esquerda.

— Não me provoque, gorducho, ou apago você como uma lâmpada.

— Desculpe, benzinho, meus nervos estão em frangalhos. Talvez um drinque ajude.

E lá estava o bartender com as bebidas diante de nós.

— O que aconteceu com suas pálpebras? — a Madame perguntou a ele.

— Meu aquecedor a gás explodiu hoje de manhã...

— Como você vai dormir esta noite?

— Vou enrolar uma toalha na cabeça.

— Não pode fazer isso agora? — perguntei.

— Por quê? — indagou ele.

— Deixa pra lá... — Paguei pelas bebidas.

Ergui meu copo. A Madame ergueu o dela.

— Vida longa — disse a Madame.

— Sim, vida longa — falei.

Batemos nossos copos e bebemos.

Pedi mais...

* * *

Estávamos sentados lá havia quase meia hora quando outra pessoa entrou. Outra mulher. Ela deu a volta e se sentou na banqueta à minha esquerda. Duas mulheres significavam o dobro de problemas. Agora eu tinha problemas dos dois lados. Estava na prensa. Estava fodido.

A outra mulher era Jeannie Nitro.

Pedi ao bartender para servir outro uísque com água.

— Nicky — sussurrou ela —, preciso falar com você. Quem é essa vadia sentada aí com você?

— Você nunca adivinharia.

E aí era Madame Morte quem estava sussurrando para mim:

— Quem é essa vadia?

— Você nunca adivinharia.

A bebida chegou e Jeannie a despachou.

— Bem — falei —, acho que é hora das apresentações...

Eu me virei para Madame Morte.

— Madame, esta é Jeannie Nitro...

Então me virei para Jeannie.

— Jeannie, esta é Madame... Madame...

— Madame Monta — completou ela.

Elas se encararam.

Ora, pensei, *isso pode acabar sendo interessante*.

Acenei para o bartender reabastecer os copos...

39

Ali estava eu, basicamente, sentado entre o Espaço e a Morte. Em forma de Mulher. Que chance eu tinha? Enquanto isso, eu precisava localizar um Pardal Vermelho que talvez nem existisse. Eu me sentia muito estranho a respeito de tudo. Nunca tinha esperado ficar assim tão enredado. Mal entendia o porquê. O que eu podia fazer?

Vai na manha da aranha, foi a resposta que veio.

Ok.

As bebidas haviam chegado.

— Bem, senhoras, um brinde a vocês!

Batemos nossos copos e tomamos um gole.

Por que eu não podia ser só um cara sentado assistindo a um jogo de beisebol? Interessado no placar. Por que eu não podia ser um cozinheiro fritando ovos mexidos, agindo como se não ligasse? Por que eu não podia ser uma mosca no pulso de alguém, rastejando de forma sublime e interessada? Por que eu não podia ser o galo em um galinheiro, bicando sementes? Por que isso?

Jeannie me deu uma cotovelada e sussurrou:

— Belane, preciso falar com você...

Pus algumas notas no balcão. Então olhei para Madame Morte.

— Espero que isso não te incomode, mas...

— Eu sei, gorducho, você tem que falar a sós com a senhora. Por que isso deveria me incomodar? Não estou apaixonada por você.

— Mas você sempre parece estar à minha volta, Madame.

— Eu ando à volta de todo mundo, Nick, você só está mais ciente de mim.

— É. É.

— Bem, você me ajudou com Celine...

— Sim, Celine...

— Então vou deixá-lo a sós com a sua dama por um tempo. Mas só por um tempo. Você e eu temos alguns negócios inacabados, então ainda vou te ver de novo.

— Madame Monta, não tenho dúvidas disso...

Ela terminou a bebida e se levantou do banquinho. Virou-se e caminhou em direção à porta. A beleza dela era um presságio. E aí foi embora.

O bartender voltou para pegar o dinheiro.

— Quem era aquela? — perguntou ele. — Fiquei até tonto quando ela passou.

— Fique feliz por só ter ficado tonto — disse a ele.

— O que quer dizer? — indagou o rapaz.

— Se eu te contasse, você não acreditaria — falei.

— Experimente — respondeu ele.

— Não preciso. Olha aqui, me dá uma folga, preciso falar com essa senhora.

— Tudo bem. Só me diga uma coisa.

— Ok.

— Como é que um cara gordo e feio como você consegue tanta mulher?

— É o leite com que molho o biscoito. Agora, dá o fora daqui.

— Não seja abusado, amigo — disse ele.

— Você que perguntou.

— Mas você não precisava ser desagradável!

— Se você achou essa desagradável, continue enchendo para ver só.

— Vai se foder — xingou ele.

— Essa foi brilhante. Agora cai fora enquanto pode.

Ele foi devagar para a outra ponta do balcão, ficou parado lá um instante e aí coçou a bunda.

Eu me virei para Jeannie.

— Desculpe, querida, mas pareço entrar nesses diálogos negativos com quase todos os garçons que encontro.

— Está tudo bem, Belane.

Ela parecia triste.

— Belane, vou precisar ir embora.

— Ah, tudo bem, mas tome uma saideira.

— Não, quer dizer que vou ter que partir, eu e o pessoal que veio comigo vamos ter que ir embora... da Terra. Não sei por quê, mas eu meio que me apeguei a você.

— Compreensível — eu ri —, mas por que sua turma está deixando a Terra?

— Nós pensamos bem e é muito horrível. Não queremos colonizar sua terra.

— O que é tão horrível, Jeannie?

— A Terra. Poluição, assassinato, ar contaminado, água podre, comida envenenada, ódio, desesperança, tudo. A única coisa bonita na Terra são os animais, e agora eles estão sendo mortos, logo desaparecerão, exceto ratos de estimação e cavalos de corrida. É tão triste, não me admira que você beba tanto.

— Sim, Jeannie. E não se esqueça de nossos arsenais atômicos.

— Sim, parece que vocês se enterraram bem fundo.

— Sim, podemos sumir em dois dias ou podemos durar mais mil anos. Não sabemos qual é o mais provável, e por isso é difícil para a maioria das pessoas se importar com qualquer coisa.

— Vou sentir saudades de você, Belane, *e* dos animais...

— Não te culpo por ir embora, Jeannie...

Eu vi as lágrimas se formando nos olhos dela.

— Por favor, não chore, Jeannie, foda-se tudo.

Ela estendeu a mão para pegar a bebida, bebeu tudo, olhou para mim com olhos que eu nunca tinha visto em lugar nenhum e nunca mais veria iguais.

— Tchau, gordinho. — Ela sorriu.

E então desapareceu.

40

No dia seguinte, lá estava eu de volta ao meu escritório. Uma última tarefa: localizar o Pardal Vermelho. Ninguém estava batendo à minha porta com mais trabalho. Isso era bom. Era um momento para repensar, para repensar a mim mesmo. No fim das contas, eu havia feito quase tudo o que me propusera a fazer na vida. Eu havia dado alguns bons lances. Não estava dormindo nas ruas à noite. Claro, havia muita gente boa dormindo nas ruas. Elas não eram idiotas, apenas não se encaixavam na engrenagem exigida para o momento. E essas exigências viviam mudando. Era uma configuração sombria, e, se a gente se pegasse dormindo na própria cama à noite, isso por si só já era uma vitória preciosa sobre o poder. Tive sorte, mas alguns dos lances que dei não foram totalmente impensados. Apesar de tudo, era um mundo bastante horrível, e eu com frequência me sentia triste pela maioria das pessoas nele.

Bem, para o diabo com isso. Peguei a vodca e dei um gole.

Muitas vezes, as melhores partes da vida eram quando você não estava fazendo nada, apenas refletindo sobre ela, ruminando. Quer dizer, digamos que você perceba que tudo é sem sentido, mas não pode ser tudo sem sentido por completo porque você está ciente da falta de sentido, e sua consciência da falta de sentido quase dá sentido a tudo. Entende o que quero dizer? Um pessimismo otimista.

O Pardal Vermelho. Era como a busca pelo Santo Graal. Talvez as águas fossem profundas demais para mim. E quentes demais.

Tomei outro gole de vodca.

Houve uma batida na porta. Tirei os pés da mesa.

— Entre.

A porta se abriu e lá estava um cara franzino, vestido com roupas esfarrapadas. Havia um cheiro nele. Parecido com querosene, mas eu não tinha certeza. Tinha olhos pequenos e semicerrados. Veio de lado na minha direção. Então parou, bem na beirada da minha mesa, inclinou-se para a frente. Tinha um tique leve da cabeça.

— Belane — disse ele.

— Talvez — respondi.

— Tenho tudo aqui pra você — informou ele.

— Ótimo — retruquei —, agora dá o fora daqui.

— Calma, Belane, eu tenho a dica.

— É? Qual é a dica?

— Pardal Vermelho.

— Conte mais.

— Nós sabemos que você está procurando por ele.

— "Nós", é? "Nós" quem?

— Não posso contar.

Levantei, dei a volta na mesa, segurei-o pela camisa miserável.

— Digamos que eu te faça contar? Digamos que eu arranque a informação de você?

— Não vai. Eu não sei.

De alguma forma, eu acreditava nele. Eu o larguei. Quase caiu no chão. Dei a volta, sentei atrás da minha mesa de novo.

— Meu nome é Amos — disse ele —, Amos Redsdale. Posso colocá-lo no rumo do Pardal. Você quer?

— O quê?

— Um endereço. Ela sabe do Pardal.

— Quanto?

— Setenta e cinco dólares.

— Vai se foder, Amos.

— Tá bom, não quer? Tenho que ir. Tenho que pegar o primeiro páreo. Recebi uma dica para a dupla diária.

— Cinquenta dólares.

— Sessenta — disse Amos.

— Tudo bem, me dê o endereço.

Passei a ele três notas de vinte, e ele me entregou um pedaço de papel. Abri e li. Estava escrito: DEJA FOUNTAIN, APT. 9, 3.234 RUDSON DRIVE. W. L. A..

— Olha, Amos, você pode escrever aqui qualquer merda que quiser. Como vou saber que vale alguma coisa?

— Só vai lá, Belane. É coisa boa.

— Pelo bem do seu rabo, Amos, é melhor que seja.

— Tenho que pegar o primeiro páreo — disse ele. Então se virou, caminhou até a porta e foi embora.

E eu fiquei sentado lá com sessenta dólares a menos, segurando um pedaço de papel.

41

Esperei até a noite e dirigi até o endereço. Estacionei do lado de fora. Bairro legal. Definição de um bairro legal: um lugar onde você não conseguiria pagar para morar. Tomei um gole de vodca, deslizei para fora do assento, tranquei a porta e caminhei até o complexo de apartamentos. Apertei o botão perto da placa: Deja Fountain. Veio a voz, suave, mas com arestas:

— Sim?

— Visita para Deja Fountain. A respeito do Pardal Vermelho. Enviado por Amos Redsdale. Meu nome é Nick Belane.

— Senhor, não sei de que diabos está falando.

— Merda.

— O quê?

— Nada. Fui passado pra trás.

— Eu só estava zoando com você, Nicky. Por favor, entre.

Houve um zumbido alto. Empurrei a porta da frente. Abriu. Andei pelo tapete felpudo até encontrar o apartamento 9. Qual era a do 9? Parecia haver algo perigoso nele. Mas a maioria dos números me deixava nervoso. Eu só gostava do 3, do 7 e do 8, ou de combinações deles.

Apertei o botão. Ouvi passos. A porta se abriu.

Ela era uma maravilha. Vestido vermelho. Olhos verdes. Longos cabelos castanho-escuros. Jovem. Formosa. Gostosa. Um cheiro de menta. Os lábios sorriam.

— Sr. Belane, por favor, entre.

Eu a segui até o quarto. Então senti um objeto duro contra as minhas costas.

— Parado, fiodaputa! Menos os braços! Levanta os braços! Vê se consegue tocar no teto, fiodaputa!

— Você é negro? — perguntei.

— O quê?

— Só os negros falam "fiodaputa"*.

Ele estava me revistando. Achou minha arma, pegou.

— Tudo bem, pode se virar agora, sr. Belane.

Eu me virei e olhei para ele. Cara grande, mas branco.

— Mas você é branco — falei.

— Você também.

— Bem, mas eu sou um fiodaputa.

— Isso é com você. Pode pegar seu cano de volta quando sair.

Segui Deja até outra sala. Ela me indicou uma cadeira.

Era uma sala grande. Fria. Parecia perigosa.

Deja sentou-se no sofá, puxou uma cigarrilha, desembrulhou-a, lambeu-a um pouco, mordeu a ponta, acendeu, exalou uma sensual nuvem azul de fumaça. Fixou em mim os olhos verdes.

— Entendo que você está procurando o Pardal Vermelho.

— Sim, para um cliente.

— Quem?

— Isso é confidencial.

— Tenho a sensação de que podemos ser bons amigos, sr. Belane, muito bons amigos.

---

* *Motherfucker*, no original. [N.E.]

— Tem, é?

— Você é um homem atraente, do seu jeito, deve saber disso. Tem aquele visual de quem viveu bastante. Fica bem em você. A maioria dos homens não vive nada bem, apenas se desgasta.

— Isso é verdade?

— Pode me chamar de Deja.

— Deja.

— Hummm... Por que não vem aqui e se senta perto de mim?

Cheguei perto e me joguei próximo a ela no sofá. Ela sorriu.

— Gostaria de uma bebida?

— Claro. Tem uísque com soda?

— Bernie — chamou ela —, um uísque com soda, por favor.

Alguns minutos se passaram e lá veio o fiodaputa que havia pegado meu cano. Colocou a bebida na mesinha diante de mim.

— Obrigado, Bernie.

Ele saiu e sumiu.

Tomei um gole do uísque. Nada mal. Nada mal.

— Sr. Belane — disse ela —, me foi dito para dizer a você que esqueça tudo a respeito do Pardal Vermelho.

— Eu nunca abandono um caso, a menos que meu cliente assim o deseje.

— Vai abandonar esse, sr. Belane.

— Hm-hm.

— O fato de eu fumar essa cigarrilha o incomoda?

— Hummm.

— Gostaria de uma tragada?

— Aham.

Deja me entregou a cigarrilha. Dei uma boa tragada, inalei, exalei, devolvi. A sala ficou nítida por um momento, então as paredes começaram a se mexer, o tapete se ergueu e desceu de novo. Um clarão de luz azul brilhou na minha frente. E então a boca dela estava na minha. Ela me beijou, depois se afastou. Riu.

— Há quanto tempo você não tem uma mulher, Belane?

— Não me lembro...

Ela riu outra vez e logo a boca dela estava de novo na minha. Fazia muito tempo. A língua dela deslizava na minha boca como uma cobra. Seu corpo todo era uma cobra.

Então ouvi passos, e uma voz:

— *Parou aí!*

Era Bernie. Estava parado lá com duas armas, uma em cada mão. Uma das armas eu reconheci como a minha.

— Tudo bem, Bernie, tudo bem — falei.

Bernie respirava pesadamente, como se não houvesse oxigênio no ar. Estava olhando para Deja. Os olhos dela estavam embaçados.

— *Deja* — disse ele —, *você sabe que eu te amo! Eu vou matar ele! Vou matar você! Vou me matar!*

Eu estava em uma posição perfeita. Levantei minha perna direita e o acertei bem no meio dos nódulos. Ele gritou e caiu, abraçando o corpo. Peguei as armas, coloquei uma no coldre e segurei a outra com a mão direita. Levantei-o com a esquerda e o joguei em uma cadeira. Puxei sua cabeça para trás pelos cabelos até que a boca se abriu. Então enfiei a arma nela.

— Chupa um pouquinho aí, cara, enquanto penso no que fazer.

Bernie fez um som borbulhante.

— Não o mate! — disse Deja. — Por favor, não o mate!

— O que você sabe sobre o Pardal Vermelho, fiodaputa? — perguntei a ele.

Ele não respondeu.

Enfiei a arma mais fundo na boca do homem. Então o ouvi peidar. Um peido sonoro. E fedido. Puxei a arma e o joguei no chão.

— Isso foi nojento! *Nunca mais faça isso!*

Eu me virei e olhei para Deja.

— Ele tem um quarto aqui?

— Sim.

Olhei para Bernie.

— Agora, vai pro seu quarto e fica por lá até eu mandar sair!

Bernie assentiu.

— Vai — repeti.

Ele se levantou, saiu cambaleando e dobrou o corredor. Logo depois ouvi uma porta se fechar.

Deja tinha apagado o charuto. Não sorria mais.

— Tudo bem, benzinho — falei. — Vamos retomar de onde paramos.

— Não quero.

— Como? Por quê? Você estava com a língua na metade do meu esôfago.

— Tenho medo de você, você é muito violento.

— Mas ele disse que ia te matar, você não ouviu?

— É provável que ele não quisesse dizer isso.

— Você não pode confiar em "é provável que" quando tem amor e armas na jogada.

Deja suspirou.

— Estou preocupada com Bernie. Sozinho no quarto.

— Ele não tem uma televisão? Palavras cruzadas? Um gibi?

— Por favor, sr. Belane, por favor, vá embora!

— Benzinho, eu quero chegar ao fundo dessa questão do Pardal Vermelho.

— Hoje não... hoje não.

— Quando, então?

— Amanhã à noite. No mesmo horário.

— Mande Bernie ao cinema ou algo assim.

— Tudo bem.

Eu me abaixei, peguei minha bebida, terminei de um gole. Deixei-a sentada no sofá, olhando para o tapete. Fechei a porta atrás de mim, caminhei pelo corredor, saí pela porta da frente e voltei para o meu carro. Entrei e liguei o motor. Fiquei lá sentado e deixei esquentar. Era uma noite quente de luar. E eu ainda estava de pau duro.

42

Dirigi até um bar onde eu ainda não havia arranjado confusão: Blinky's. Parecia legal à primeira vista: muitos reservados com bancos de couro, idiotas, escuridão, fumaça. Uma agradável letalidade flutuava no ar. Escolhi um reservado e me sentei. A garçonete chegou vestida em um uniforme ridículo — macacão rosa com enchimento empinando os seios. Deu um sorriso horrível, pondo à mostra um dente de ouro. Os olhos pareciam vazios.

— O que vai ser, querido? — A voz dela chiou.

— Duas garrafas de cerveja. Sem copo.

— Duas garrafas, querido?

— Sim.

— De qual marca?

— Alguma chinesa.

— Chinesa?

— Duas garrafas de cerveja chinesa. Sem copo.

— Posso perguntar uma coisa?

— Sim.

— Você vai beber essas duas cervejas?

— Tomara que sim.

— Então por que não bebe uma e depois pede outra? Assim ela continua gelada.

— Eu quero beber desse jeito, só isso. Deve haver uma razão, eu acho.

— Quando descobrir o motivo, querido, me conte...

— E por que eu deveria te contar? Talvez eu queira guardar para mim.

— Senhor, sabe, não temos que atendê-lo. Nós nos reservamos o direito de recusar atendimento a qualquer pessoa.

— Quer dizer que você não vai me servir porque estou pedindo duas cervejas chinesas sem contar o porquê?

— Eu não disse que não iríamos atendê-lo. Disse que nos reservamos o direito de não atender.

— Olha, o motivo é segurança, uma necessidade subconsciente de segurança. Tive uma infância de merda. Duas garrafas ao mesmo tempo preenchem um vazio que precisa ser preenchido. Talvez. Não tenho certeza.

— Querido, vou te dizer uma coisa. Você precisa de um psiquiatra.

— Tudo bem. Mas até arranjar um, posso tomar duas garrafas de cerveja chinesa?

Um cara grande em um avental branco e sujo se aproximou.

— Qual é o problema, Betty?

— Esse cara quer duas garrafas de cerveja chinesa. Sem copo.

— Betty, ele deve estar esperando um amigo.

— Ele não tem um amigo, Blinky.

Blinky olhou para mim. Era outro cara grande e gordo. Ele era dois caras grandes e gordos.

— Você não tem um amigo? — ele me perguntou.

— Não — respondi.

— Então o que você quer com duas garrafas de cerveja chinesa?

— Quero beber as duas.

— Por que não pede uma, termina e depois pede outra?

— Prefiro assim.

— Nunca ouvi falar disso — disse Blinky.

— Por que não posso? É contra a lei?

— Não, é só estranho, só isso.

— Eu disse que ele precisa de um psiquiatra — disse Betty.

Os dois ficaram parados olhando para mim. Peguei um charuto e acendi.

— Essa coisa fede — comentou Blinky.

— E os seus excrementos também — falei.

— O quê?

— Traz três garrafas de cerveja chinesa. Sem copo.

— Esse cara é maluco — falou Blinky.

Olhei para ele e ri.

Então disse:

— Não fale comigo de novo. E não faça nada, nada em absoluto para me irritar, ou eu vou arrancar esses beiços da porra da sua cara, amigo.

Blinky congelou. Parecia que ia se cagar.

Betty ficou lá parada.

Um minuto se passou. Então Betty disse:

— O que que eu faço, Blinky?

— Traz pra ele três garrafas de cerveja chinesa. Sem copo.

Betty foi buscar as cervejas.

— E agora você — disse a Blinky — senta aqui na minha frente. Quero que me veja bebendo essas três cervejas chinesas.

— Certo — disse ele, espremendo-se, de alguma forma, no reservado.

Ele suava. Todos os três queixos dele tremiam.

— Blinky — comecei —, você não viu o Pardal Vermelho, viu?

— O Pardal Vermelho?

— Sim, o Pardal Vermelho.

— Não vi.

Betty estava chegando com as cervejas chinesas.

Até que enfim.

43

Então lá estava eu na noite seguinte, parado do lado de fora do complexo de apartamentos. Meus sapatos brilhavam e eu só havia tomado umas três ou quatro cervejas. Caía uma chuva fina e um pouco sinistra. "Mijo de Deus", costumávamos dizer nos meus tempos de garoto quando chovia. Eu me sentia cansado, no corpo e na alma. Queria largar aquele jogo. Queria me aposentar. Digamos, em algum lugar como Las Vegas. Em volta das mesas de jogo, com cara de sábio. Vendo os idiotas perderem fortunas. Era a minha ideia de diversão. Relaxar sob as luzes enquanto a cova bocejava para mim. Mas diabos, eu não tinha dinheiro. E precisava achar o Pardal Vermelho. Apertei a campainha do apartamento 9. Esperei. Apertei de novo. Nada. Ah, saco... Ah, saco, saco, saco. Não queria pensar naquilo. Eles tinham dado o fora? Deja e o fiodaputa? Eu deveria ter fechado o cerco em cima deles ontem. Eu os havia deixado escapar?

Acendi um charuto com uma das mãos e trabalhei na fechadura da porta com a outra. Eu a abri e entrei no corredor. Caminhei até o 9. Encostei meu ouvido na porta. Nada. Nem mesmo o rastejar de um rato. Ah, saco. Que diabo. Abri a fechadura e entrei. Andei direto até o quarto, abri o armário. Vazio. Nada de roupas. Nada além de cabides solitários. Que visão horrível. Meu primeiro elo com o Pardal Vermelho havia se transformado em trinta e dois cabides vazios. Eu tinha perdido. Como detetive, eu era um belo de um otário. Pensei de forma vaga em suicídio, descartei a ideia, enfiei a mão no casaco, encontrei o frasco, dei um gole na vodca, cuspi fora meu charuto.

Então dei a volta e saí de lá, atravessei o corredor e caminhei até encontrar o que eu queria. Na porta havia os dizeres:

M. TOHIL

GERENTE

Bati.

— Que é? — Foi a resposta. Parecia outro cara grande.

— Flores, sr. Tohil. Entrega de flores para M. Tohil!

— Como você entrou aqui?

— A porta da frente estava aberta, sr. Tohil.

— Impossível!

— Sr. Tohil, uma senhora estava saindo e eu entrei pela porta quando ela passou.

— Você não deveria fazer isso.

— Não sabia. O que eu deveria fazer?

— Você deveria me chamar lá de fora e me dizer quem você é e o que quer.

— Tudo bem, sr. Tohil. Vou sair e chamar o senhor para dizer que tenho uma entrega de flores. Tudo bem?

— Deixa pra lá, garoto. Venha...

A porta se abriu. Pulei para dentro, chutei a porta e o segurei pelo cinto. Tive trabalho. Ele era *grande*. Precisava se barbear. Cheirava um pouco a enxofre. Inclinava o ponteiro da balança até uns cento e dez.

— Que merda você está fazendo? Onde estão as flores? Tira a mão da porra do meu cinto!

— Calma, Tohil — eu o soltei —, sou um investigador particular, totalmente registrado. Quero saber sobre o paradeiro de Deja Fountain, apartamento 9.

— Chupa o meu pau, camarada, e dá o fora daqui.

Recuei.

— Calma, sr. Tohil. Eu só quero essa informação, depois vou embora.

— A informação é particular e você vai ficar sem ela. Vou te tirar daqui agora!

— Eu sou faixa preta, Tohil. É uma arma letal. Não me faça usá-la!

Ele riu e deu um passo na minha direção.

— *Espera aí!* — gritei.

Ele parou.

— Tohil, preciso localizar o Pardal Vermelho, e Deja Fountain está ligada à solução. Preciso saber para onde ela e o rapaz dela foram.

— Eles não deixaram endereço — disse ele. — Agora sai daqui antes que eu peide na sua cara!

Tirei a .32 e apontei para a barriga dele.

— *Onde está Deja Fountain?* — gritei.

— Vai se foder — esbravejou, andando na minha direção.

— Parado aí mesmo! — ordenei.

Ele continuou vindo, era um idiota. Entrei em pânico, puxei o gatilho.

A arma engasgou.

E aí ele levou as mãos à minha garganta. Eram do tamanho de presuntos, presuntos com dedos enormes, burros, fortes e implacáveis. Eu não conseguia respirar. Grandes clarões de luz rugiram na minha cabeça atrás dos meus olhos. Dei uma joelhada na virilha dele. Nada aconteceu. Ele era uma aberração.

Seus órgãos genitais ficavam em outro lugar, talvez debaixo de um sovaco. Eu estava indefeso. Podia sentir a morte no ar. Mas minha vida não passou diante de mim. Apenas uma voz na minha cabeça que dizia: "Você precisa de um pneu novo na roda traseira direita...". Estúpido, estúpido. E eu estava liquidado, acabado. Era o fim para mim.

Então, de repente, senti as mãos se soltarem. Cambaleei para trás, sugando o ar da estratosfera e de todos os outros lugares.

Olhei para Tohil. Ele não parecia bem. Não parecia nada bem. Ele olhava para mim, mas não me via. Eu o vi segurar o braço esquerdo. Segurou o braço e um olhar terrivelmente dolorido cruzou seu rosto. Engasgou, olhou para cima e caiu no chão.

Cheguei perto, me inclinei sobre ele, senti o pulso. Nada. Ele se fora. Tchau, tchau.

Fui até uma cadeira e me sentei. E ali, no sofá à minha frente, estava ela: Madame Morte. Ela nunca parecera tão bem. Que gata. Nunca decepcionava. Melhor que ouro. Ela sorriu.

— Como vai, Belane?

— Não posso reclamar, Madame.

Ela estava toda de preto. Ficava bem de preto. E de vermelho.

— Melhor cuidar do peso, Belane. Você tem comido muita batata frita, purê de batata, doces... Tem acabado com garrafas de cerveja...

— É. Bom... É.

Ela sorriu outra vez. Dentes fortes e perfeitos. Poderia mastigar a chave inglesa de um encanador.

— Bem — disse ela —, tenho de ir. Mais alguns negócios aqui por perto.

— Alguém que eu conheça?

— Você conhece algum Harry Dobbs?

— Acho que não.

— Bem, se conhecer, pode esquecer.

E então ela desapareceu. Assim, no ar.

Fui até Tohil e procurei sua carteira. Tinha uma nota de cinquenta, duas de vinte, uma de cinco e uma de um. Coloquei-as no bolso direito da calça. Fui até a porta, abri, fechei e atravessei o corredor. Ninguém por perto. Cheguei à porta da frente e saí. A chuva fina ainda caía. Era uma sensação boa no meu rosto. Inspirei fundo, suspirei e andei até o carro. Ainda estava lá. Fui até a traseira e verifiquei o pneu direito. Estava careca, claro. Eu precisava de um novo.

44

Assim, lá estava eu deprimido de novo. Dirigi de volta ao meu apartamento, entrei e abri uma garrafa de uísque escocês. Estava de novo com meu velho amigo, o uísque com água. Uísque escocês não é uma bebida que bate logo de cara. Mas, depois de lidar com ela por um tempo, ela meio que faz sua mágica. Encontro nela um toque especial de calor que o uísque comum não tem. De qualquer forma, eu estava deprê e fiquei lá sentado em uma cadeira com a garrafa ao meu lado. Não liguei a TV, achava que quando estava mal aquela filha da puta só te fazia sentir pior. Só um rosto insípido atrás do outro, não tinha fim. Uma procissão interminável de idiotas, alguns deles famosos. Os comediantes não tinham graça e o drama era de quarta categoria. Não havia muito a que recorrer, a não ser o uísque.

A chuva fina havia se tornado uma chuva forte, e eu fiquei ali sentado, ouvindo-a bater contra o telhado.

Eu nunca deveria ter deixado aqueles filhos da puta escaparem. E eu sabia que jamais encontraria de novo meu informante original. De volta à estaca zero. O Pardal Vermelho havia escapado das minhas mãos estúpidas. Ali estava eu com cinquenta e cinco anos e ainda tateando no escuro. Quanto tempo ainda poderia continuar no jogo? Um incompetente merecia algo além de um chute no rabo? Meu velho tinha me dito: "Arranje um negócio em que te entreguem o dinheiro antes e esperem recuperá-lo depois. Bancos e seguradoras. Pegue a coisa de verdade e dê a eles um pedaço de papel em troca. Use o dinheiro deles, ele vai continuar entrando. *Duas* coisas os impulsionam: ganância e medo. *Uma* coisa te impele: a oportunidade". Parecia um bom conselho. Só que meu pai morreu falido.

Servi outro uísque.

Diabo, eu havia fracassado até com as mulheres. Três esposas. Nada de fato errado a cada vez. Tudo destruído por brigas mesquinhas. Queixas por nada. Ficar chateado por tudo e por qualquer coisa. Dia após dia, ano após ano, remoendo. Em vez de nos ajudarmos, nos estraçalhávamos, implicando com isso e aquilo. Provocando. Chateação sem fim. Tornava-se uma competição barata. E uma vez que você entrava nela, virava um hábito. Você parecia não poder sair. Quase não queria mais sair. E aí saía. De vez.

Assim, agora, lá estava eu. Sentado ouvindo a chuva. Se eu morresse agora, não haveria uma lágrima derramada em lugar algum do mundo. Não que eu quisesse. Mas era estranho. Quão sozinho um otário podia ficar? Mas havia um mundo cheio de velhotes como eu. Sentados ouvindo a chuva e imaginando para onde tudo havia ido.

Bem, não vai a lugar algum, nem deveria. Eu estava já três quartos morto. Liguei a TV. Passava um comercial. "Sozinho? Deprimido? Alegre-se. Ligue para uma de nossas lindas mulheres. Elas desejam falar com você. Pague com cartão master ou visa. Fale com Kitty ou Franci ou Bianca. Telefone 800-435-8745."

Eles mostraram as meninas. Kitty parecia a melhor. Tomei um gole de uísque e disquei o número.

— Sim? — Uma voz de homem. Parecia mau.

— Kitty, por favor.

— Você tem vinte e um anos ou mais?

— Mais — falei.

— Master ou Visa?

— Visa.

— Me passe o número e a data de validade. Além disso, seu endereço, número de telefone, número da identidade e da carteira de motorista.

— Ei, como eu sei que você não vai usar essas informações pra tirar vantagem? Quer dizer, me ferrar? Usando a informação para proveito próprio?

— Ei, parceiro, você quer falar com a Kitty?

— Acho que sim...

— Nós anunciamos na TV. Estamos no mercado há dois anos.

— Tudo bem, deixa eu tirar as coisas da minha carteira.

— Parceiro, se você não nos quer, nós não queremos você.

— Sobre o que Kitty vai falar comigo?

— Você vai gostar.

— Como sabe que eu vou gostar?

— Ei, parceiro...

— Tudo bem, tudo bem, espere um pouco...

Dei a ele a informação. Houve uma pausa bem longa enquanto liberavam meu crédito. Então ouvi uma voz.

— Oi, amor, aqui é a Kitty!

— Alô, Kitty, meu nome é Nick.

— Oooh, sua voz é tão *sexy*! Estou ficando excitada!

— Não, minha voz não é sexy.

— Ah, você está sendo modesto!

— Não, Kitty, não sou modesto...

— Sabe, eu me sinto bem *perto* de você! Sinto que estou enrolada no seu colo, olhando para você. Eu tenho olhos grandes e azuis. Você está chegando perto, como se estivesse prestes a me beijar!

— Isso é besteira, Kitty, estou sentado aqui sozinho tomando um uísque e ouvindo a chuva.

— Escuta, Nick, você tem que usar um pouco a imaginação. Deixa rolar e vai ficar surpreso com o que a gente pode fazer junto. Você não gostou da minha voz? Não achou um pouco... ah, *sexy*?

— Sim, um pouco, mas não muito. Parece que você está resfriada. Você está resfriada?

— Nick, Nick, meu menininho, eu sou *quente* demais pra me resfriar!

— O quê?

— Eu disse que sou *quente* demais pra me resfriar!

— Bom, parece que você está resfriada. Talvez fume demais.

— Eu só fumo *uma coisa*, Nick!

— O quê, Kitty?

— Não consegue adivinhar?

— Não...

— Olhe para você, para baixo, Nick.

— Ok.

— O que está vendo?

— Bebida. Telefone...

— O que mais, Nicky?

— Meus sapatos...

— Nick, o que é essa *coisa grande* apontando em você enquanto fala comigo?

— Ah, isso! É a minha *barriga*!

— Continue falando, Nick. Continue ouvindo minha voz. Pense em mim no seu colo, minha saia subindo um pouco, mostrando meus joelhos e minhas coxas. Eu tenho cabelo loiro e comprido. Ele desce sobre o meu corpo todo. Pense nisso, Nick, pense...

— Tudo bem.

— Ok, e agora, o que você *está vendo*?

— As mesmas coisas: o telefone, meus sapatos, meu copo, minha barriga...

— Nick, você é mau! Estou começando a ter vontade de ir até aí e te bater. Ou talvez eu deixe *você bater em mim*!

— Como?

— *Me bate, me bate*, Nick!

— Kitty?

— Sim?

— Pode me dar um minuto? Preciso ir ao banheiro.

— Ah, Nick, eu sei o que você vai *fazer*! Não precisa ir até o *banheiro* pra isso, pode fazer bem aqui no *telefone* enquanto *fala* comigo!

— Não, não posso, Kitty. Tenho que dar uma mijada.

— Nick — disse ela —, considere nossa conversa encerrada!

Desligou.

Fui ao banheiro e urinei. Enquanto isso, ainda podia ouvir a chuva caindo. Bom, tinha sido uma merda de conversa, mas ao menos havia tirado minha mente do Pardal Vermelho e de outras questões. Dei descarga, lavei as mãos, encarei o espelho, dei uma piscadela para mim mesmo e voltei para o uísque.

45

Então lá estava eu, no dia seguinte, de volta ao meu escritório. Estava me sentindo insatisfeito e, francamente, muito mal a respeito de tudo. Não estava chegando a lugar algum, nem o resto do mundo. Estávamos só vadiando por aí, esperando para morrer e, enquanto isso, fazendo pequenas coisas para matar o tempo. Alguns de nós nem estavam fazendo as pequenas coisas. Éramos vegetais. Eu era um desses. Não sei que tipo de vegetal eu era. Eu me sentia um nabo. Acendi um charuto, fumei e fingi que sabia que diabos estava rolando.

O telefone tocou. Atendi.

— Sim?

— Sr. Belane, o senhor foi escolhido como um de nossos premiados. Seu prêmio pode ser um aparelho de TV, uma viagem para a Somália, cinco mil dólares ou um guarda-chuva dobrável. Temos um quarto grátis para o senhor, com café da manhã incluído. Tudo o que o senhor precisa fazer é frequentar um dos nossos seminários onde ofereceremos um negócio imobiliário ilimitado...

— Ei, amigo — falei.

— Sim, senhor?

— Vai arretar um coelho.

Desliguei. Olhei para o telefone. Que coisa maldita e mortal. Mas a gente precisava dele para ligar para a emergência. Nunca se sabe.

Eu precisava de umas férias. Precisava de cinco mulheres. Precisava tirar a cera dos ouvidos. Meu carro precisava de uma troca de óleo. Eu havia fracassado em enviar a maldita declaração de imposto de renda. Uma das hastes dos meus óculos de leitura havia quebrado. Havia formigas no meu apartamento. Eu precisava de um clareamento nos dentes. Meus sapatos estavam desgastados nos calcanhares. Eu tinha insônia. O seguro do meu carro estava vencido. Eu me cortava toda vez que fazia a barba. Não dava risada fazia seis anos. Tinha a tendência a me preocupar quando não havia nada com que se preocupar. E quando havia algo com que me preocupar, eu enchia a cara.

O telefone tocou de novo. Atendi.

— Belane? — perguntou uma voz.

— Talvez — respondi.

— Talvez meu cu — prosseguiu a voz —, ou você é o Belane ou não é.

— Tudo bem, me pegou. Eu sou o Belane.

— Tudo bem, Belane, ouvimos falar que você está procurando o Pardal Vermelho.

— É? E qual a sua fonte?

— Nossa fonte é privada.

— As suas partes também, mas você pode mostrá-las.

— Preferimos não.

— Tudo bem — falei —, então qual é a jogada?

— Dez mil e colocamos o Pardal Vermelho na sua mão.

— Não tenho esses dez.

— Podemos te colocar em contato com alguém que pode te arranjar.

— Sério?

— Sério, Belane. Com só quinze por cento de juros. Ao mês.

— Mas eu não tenho nenhuma garantia.

— Claro que tem.

— O quê?

— Sua vida.

— Só isso? Vamos conversar.

— Claro, Belane. Vamos ao seu escritório. Em dez minutos.

— Como vou saber que são vocês?

— Nós vamos te dizer.

Desliguei.

Dez minutos depois, houve uma batida na porta. Uma batida forte. A porta inteira sacudiu e tremeu. Verifiquei a Luger na gaveta da mesa. Estava lá, linda como uma pintura. Um nu.

— Está aberto, pelo amor de Deus, entre!

A porta se abriu. Um corpo enorme bloqueou a luz. Um gorila com um charuto e um terno rosa-claro. Estava com dois gorilas menores.

Apontei para uma cadeira. Ele se sentou, preenchendo-a por completo. As pernas da cadeira cederam um pouco. Um gorila parou de cada lado.

O gorila principal arrotou, inclinou-se um pouco na minha direção.

— Sou o Sanderson — disse ele —, Harry Sanderson. Estes — ele acenou para os companheiros — são meus garotos.

— Seus filhos? — perguntei.

— Garotos. Garotos — insistiu ele.

— Tá.

— Você precisa de nós — disse Sanderson.

— Sim — falei.

— O Pardal Vermelho — comentou Sanderson.

— Você está ligado àquela gostosa e ao garoto vira-lata que fugiram de um apartamento na outra noite?

— Não estou ligado a gostosa alguma. Eu só as uso para uma coisa.

— Pra quê? — perguntei.

— Para limpar meu atracadouro.

Cada um dos gorilas riu. Acharam graça.

— Não achei graça — falei.

— Não nos importamos — disse Sanderson — com o que você acha.

— Faz sentido. Agora, vamos falar sobre o Pardal Vermelho.

— Dez mil — sentenciou Sanderson.

— Como eu disse, não tenho.

— E como eu disse, conseguimos alguém pra te emprestar, condições suaves, quinze por cento ao mês.

— Ok. Me passa o alguém.

— Nós somos o alguém.

— Vocês?

— Nós, Belane. Nós te damos a grana, aí você nos devolve. Em seguida, paga juros de quinze por cento de dez mil todo mês até que o empréstimo seja todo quitado. Tudo que você precisa fazer é assinar esse pedaço de papel. Nenhum dinheiro de fato troca de mãos. Nós o guardamos pra te poupar o trabalho de devolver.

— E tudo isso pra você...

— Colocar o Pardal Vermelho bem na sua mão.

— Como é que eu vou saber?

— Saber o quê?

— Que você vai colocar o Pardal na minha mão.

— Vai ter que confiar em nós.

— Achei que você diria isso.

— Não, Belane?

— O quê?

— Não confia em nós?

— Claro, mas é melhor você confiar em mim.

— Como?

— Coloque o Pardal na minha mão *primeiro*.

— O quê? Nós parecemos um bando de bonecos de madeira pra você?

— Na verdade, sim...

— Não banque o esperto, Belane. Você tem de confiar em nós se quer ver o Pardal Vermelho. É a sua única chance. Pense no assunto. Você tem vinte e quatro horas.

— Tudo bem, me deixe pensar.

— Pense, Belane. — O grande gorila de terno rosa se levantou. — Pense muito bem. E nos avise. Você tem vinte e quatro horas. Depois disso, acordo cancelado. Para sempre.

— Ok — falei.

Ele deu a volta e um dos gorilas correu para abrir a porta para ele. O outro ficou em pé parado olhando para mim. Então foram todos embora. Fiquei lá sentado. Sem ideia alguma. A bola estava no meu campo. E o relógio correndo. Que diabo. Levei a mão à mesa e peguei a garrafa de vodca. Era hora do almoço.

46

Bem, fazer o quê? Eu me preocupei tanto que peguei no sono na minha mesa. Quando acordei estava escuro. Levantei, coloquei meu casaco e meu chapéu-coco e saí. Entrei no meu carro e dirigi cinco milhas para oeste. Sem nenhum objetivo. Estacionei e olhei em volta. Havia parado em frente a um bar. *Hades*, dizia o letreiro em néon. Saí do carro, entrei. Havia cinco pessoas lá dentro. Cinco milhas, cinco pessoas. Tudo estava virando cinco. Havia um barman, uma gostosona e três garotos magrelos e estúpidos. Os garotos pareciam ter graxa de sapato no cabelo. Fumavam cigarros compridos e riam de modo zombeteiro de mim, de tudo. A gostosona estava em uma ponta do balcão, os garotos na outra, o barman no meio. Enfim, consegui chamar a atenção dele pegando um cinzeiro e deixando-o cair duas vezes. Ele piscou e se moveu na minha direção. Sua cabeça parecia a de um sapo. Mas ele não pulou, e sim cambaleou até parar na minha frente.

— Uísque e água — pedi.

— Quer a água no uísque?

— Eu disse "uísque *e* água".

— Hã?

— Uísque e água, separado, por favor.

Os três garotos olhavam para mim. O do meio falou.

— Ei, velhote, quer sentir dor?

— Só olhei para ele e sorri.

— Damos dor de graça — disse o do meio. Todos riram com desdém e continuaram sorrindo.

O barman chegou com meu uísque e minha água.

— Acho que vou até aí beber seu trago — o do meio voltou a falar.

— Toque na minha bebida e eu vou te quebrar ao meio como um pedaço de bosta seca.

— Ai, meu Deus, ai, meu Deus, ui, ui — zombou ele.

— Ah, nossa — disse o segundo.

— *Noffa* — provocou o terceiro.

Sequei o uísque e deixei a água de lado.

— O velhote se acha durão — disse o do meio.

— Talvez a gente devesse ver o quanto ele é durão — comentou outro.

— Sim — concordou o último.

Deus, como eram chatos. Iguais a quase todo mundo. Nada de novo, nada original. Morto, chato. Como os filmes.

— Me vê a mesma coisa — disse ao barman.

— Era uísque e água?

— Era.

— Esse velhote num me parece grande coisa — comentou o do meio.

— Não — disse.

— Não o quê?

— O velhote *não* parece grande coisa.

— Tá concordando comigo?

— Tô te corrigindo. E espero que seja a última correção que eu tenha que fazer esta noite.

O barman chegou com a minha bebida. Então saiu.

— Talvez a gente possa corrigir o teu cu — disse o que tinha falado mais.

Deixei essa passar.

— Talvez a gente enfie tua cabeça no teu cu — falou um dos outros.

Chatos do caralho. No planeta inteiro. Propagando mais gente chata do caralho. Um show de horrores. Um enxame deles pela Terra.

— Talvez a gente te faça chupar uma cenoura — disse um deles.

— Talvez ele queira chupar três cenouras — falou um dos outros.

Eu não disse nada. Acabei com meu uísque, tomei uma água, me levantei, acenei para o fundo do bar.

— Ui, olha, ele quer ver a gente lá fora!

— Talvez queira as nossas cenouras!

— Vamos ver qual é!

Saí em direção aos fundos. Eu os ouvia atrás de mim. Então escutei o clique da lâmina de um canivete se abrindo. Virei-me a tempo de chutá-lo da mão de um deles. E lhe apliquei uma cutilada atrás da orelha. Ele caiu e eu passei por cima. Os outros dois se viraram e começaram a correr. Cruzaram o bar correndo e saíram pela porta da frente. Eu os deixei ir. Voltei até o outro garoto. Ainda estava apagado. Eu o peguei, o carreguei no ombro e o levei para fora. Estendi-o de costas em um banco no ponto de ônibus. Então tirei seus sapatos e os joguei em um bueiro. Mesma coisa com a carteira. Retornei para a parte de trás do bar, peguei o canivete e o guardei no bolso, voltei para o meu lugar, pedi outra bebida.

Ouvi a gostosona tossir. Estava acendendo um cigarro.

— Senhor — disse ela —, gostei de ver. Gosto de homens de verdade.

Eu ignorei.

— Eu sou Trachea — continuou ela.

Ela pegou a bebida e veio se sentar ao meu lado. Usava perfume e batom suficiente para uma semana.*

— A gente podia se conhecer melhor — disse ela.

— Não valeria a pena, seria só estupidez.

— O que te faz dizer isso?

— Experiência.

— Talvez você tenha encontrado todo tipo de mulher errada?

— Talvez eu esteja apegado a isso.

— Eu poderia ser a certa.

— Claro.

— Me paga uma bebida.

A minha estava chegando.

— Um drinque para Trachea — pedi ao barman.

— Gim e tônica, Bobby...

Bobby saiu cambaleando.

— Você não me disse seu nome — balbuciou ela.

---

* É flagrante ao longo de todo o romance o quanto Bukowski vê as personagens femininas ainda pela ótica da desgastada dualidade "santa/puta". Muitos defensores da obra dele argumentam que as mulheres com quem os personagens se relacionam na prática estão, em última análise, um patamar acima dos protagonistas masculinos. Nem sempre. Se neste romance isso vale para Madame Morte ou Jeannie Nitro, por exemplo, figuras superpoderosas que parecem saídas de uma história em quadrinhos, Bukowski dobra a aposta na descrição das demais mulheres anônimas que cruzam o caminho de Belane, em especial nos bares. As garçonetes e as bebedoras, e mesmo a ex-mulher de Belane, que aparece mais tarde, são descritas com uma crueldade física que deixa claro que o detetive, ele próprio longe de qualquer padrão ideal de beleza ou de inteligência, não parece estender a ninguém a mesma consideração que lhe é muitas vezes negada. [*N.T.*]

— David.

— Ah, gostei. Uma vez eu conheci um David.

— E o que aconteceu com ele?

— Esqueci.

Trachea se encostou de lado em mim. Estava uns dez quilos acima do peso.

— Você é fofo — comentou ela.

— Por quê? — perguntei.

— Ah, não sei... — Ela fez uma pausa. — Gosta de mim?

— Bem, na verdade não.

— Pois devia. Eu sou boa.

— No quê? Frases com palavras curtas?

— Não, mas eu faço coisas curtas ficarem longas.

— Tipo o quê?

— Você sabe!

— Não, não sei.

— Adivinhe.

— Balões?

— Você é engraçado.

— Já me disseram.

A bebida dela chegou. Ela tomou um gole.

Quanto mais eu olhava para ela, menos apaixonado ficava.

— Droga — disse ela —, meu isqueiro!

Ela abriu a bolsa e começou a tirar tudo de dentro. Um abridor de garrafas. Três cores de batom. Chicletes. Um apito. E... o quê?

— Achei! — exclamou ela, segurando o isqueiro. Ela tirou um cigarro do maço e o acendeu.

— O que é aquilo?

— Onde?

— Ali. No balcão. A coisa vermelha.

Eu apontei.

— Ah — disse ela —, é o meu pardal.

— Está vivo? Já esteve vivo? Alguma vez?

— Não, bobo, é de pelúcia. Comprei hoje em um pet shop. É para o meu gatinho. É o meu pardal de brinquedo. O gatinho os adora.

— Ah, diabo, guarda isso.

— David, você ficou entusiasmado por um momento! Pássaros te excitam?

— Só o Pardal Vermelho.

— Quer ficar com esse?

— Não, está tudo bem.

— Tenho mais alguns pardais de brinquedo em casa. Você pode conhecer meu gatinho.

— Não, está tudo bem, Trachea. Tenho que ir.

— Tudo bem, David, mas você não sabe o que está perdendo.

Levantei, fui até o fim do balcão, joguei umas notas para o barman e saí. O merdinha não estava mais no banco. Entrei no meu carro, arranquei e entrei no tráfego. Eram cerca de dez da noite. A lua estava alta no céu e minha vida ia devagar para lugar nenhum.

47

No dia seguinte, eu estava sentado no meu escritório. A porta se escancarou, e lá estavam Harry Sanderson e seus dois gorilas. Dessa vez, Sanderson estava vestido em um terno roxo-claro. O gosto dele para cores era bem esquisito. Conheci uma garota assim uma vez, ela tinha essa mania de usar cores estranhas. A gente ia a um restaurante para comer e todos se viravam e olhavam para ela. O problema é que não havia muito para olhar. Mesmo de ressaca e com uma barba de três dias eu parecia melhor que ela. De qualquer forma, de volta ao Sanderson...

— Ei, vagabundo — disse ele —, suas vinte e quatro horas acabaram. Ainda está brincando com seu pinto ou já se decidiu?

— Ainda estou brincando com meu pinto.

— Você quer o Pardal Vermelho ou não?

— Quero. Mas vocês lembram uns caras que trabalharam para minha tia em Illinois.

— Sua tia? Que porra é essa da sua tia?

— Ela tinha um vazamento no telhado.

— Ah, é?

— É. Uns caras vieram e disseram a ela que iam consertar o telhado, eles tinham um novo superselante. Eles a fizeram assinar um papel, preencher um cheque e então treparam lá.

— Onde, vagabundo?

— No telhado. Eles subiram lá e jogaram óleo queimado por tudo. Depois se mandaram. Quando choveu, desceu tudo, a chuva, o óleo. Estragou tudo na casa da minha tia.

— Está brincando, Belane? Você corta o meu coração insensível com essa história! Agora, vamos ao que interessa! Quer o Pardal ou quer que a gente vá embora?

— Você vai me emprestar dez mil, hein? Que eu nem vou pegar e pelos quais vocês vão me cobrar quinze por cento de juros ao mês? Tem algum outro bom negócio pra mim? Quer dizer, pensa no meu lado: se você fosse eu, ia topar esse maldito negócio?

— Belane — Sanderson sorriu —, uma das poucas coisas no mundo pelas quais sou grato é que *não sou* você.

Ambos os gorilas riram.

— Você dorme com esses caras, Sanderson?

— Dormir? O que diabos você quer dizer com dormir?

— Dormir. Fechar os olhos. Passar a mão nas bochechas. Coisas assim.

— Belane, eu devia estourar você até virar menos que um peido em uma igreja vazia!

Os dois gorilas riram dessa. Inspirei fundo, expirei. De alguma forma, eu sentia que estava ficando meio louco. Mas eu me sentia assim com frequência.

— Então, Sanderson, você está dizendo que pode colocar o Pardal na minha mão?

— Sem dúvida.

— Bem, vai se foder.

— Como?

— Eu disse "vai se foder"!

— O que há com você, Belane? Está ficando meio louco?

— É, é, é isso aí.

— Só um instante...

Sanderson reuniu os dois gorilas perto dele. Eu podia ouvi-los cochichando e zumbindo. Então o grupo se desfez.

Sanderson tinha um ar solene.

— É sua última chance, vagabundo.

— Como? O que é?

— Decidimos deixar você ter o pássaro por cinco mil.

— Três mil.

— Quatro mil é a nossa oferta final.

— Cadê a porra dos papéis?

— Eu os tenho bem aqui...

Ele enfiou a mão no casaco e atirou os papéis na mesa. Tentei lê-los. Muito juridiquês. Eu ia assinar um empréstimo com a Execuções Acme. Juros de quinze por cento ao mês. Isso eu entendia. E além disso, outra coisa:

— Aqui ainda diz que é um empréstimo de dez mil.

— Ah, sr. Belane, isso a gente arruma — disse Sanderson. Arrancou os papéis da minha mão, riscou o dez, mudou para quatro, rubricou. Jogou os papéis de volta na minha mesa.

— Agora, assine...

Achei uma caneta. Então eu fiz. Assinei a maldita coisa.

Sanderson pegou os papéis e os guardou de volta no casaco.

— Muito obrigado, sr. Belane. Tenha um bom dia.

Ele e os dois macacos se viraram para sair.

— Ei, cadê o Pardal Vermelho?

Sanderson parou, se virou.

— Ah — disse ele.

— É, ah — respondi.

— Encontra a gente no Grande Mercado Central amanhã, às duas da tarde.

— É um lugar grande. Onde?

— Apenas ache o açougue. Fique perto das cabeças de porco. A gente te encontra.

— Cabeças de porco?

— Isso. A gente te encontra.

Então eles se viraram e foram embora. Fiquei lá sentado olhando para as paredes. Com a vaga sensação de que tinha me fodido.

48

Bem, eram duas da tarde. Eu estava no Grande Mercado Central. Achara o açougue e estava parado com as cabeças de porco. Os buracos nos crânios, onde antes estavam os olhos, olhavam para mim. Virei o rosto e dei uma baforada no charuto. Eram tantas as coisas que deixavam um homem triste. Os pobres ferviam aquelas cabeças para fazer sopa.

Eu imaginava se havia sido passado para trás. Os caras talvez nunca aparecessem.

Uma pobre alma caminhou até mim. Vestida em farrapos. Quando chegou mais perto eu falei:

— Ei, parceiro, tem um dólar para uma cerveja? Estou com a porra da língua de fora.

O sacana miserável virou as costas e foi embora. Às vezes eu dava, às vezes não. Tudo dependia de como meus pés haviam tocado o chão naquela manhã. Talvez. Quem sabe?

Bem, não havia dinheiro suficiente pra todo mundo. Nunca houve. Eu não sabia o que fazer a respeito.

Então eu os vi. Sanderson e os dois gorilas. Estavam chegando perto. Sanderson sorria e carregava algo coberto por um pano. Parecia uma gaiola. Seria uma gaiola?

Eles pararam na minha frente. Sanderson olhou para as cabeças de porco.

— Belane, fique feliz por não ser uma cabeça de porco.

— Por quê?

— Por quê? Uma cabeça de porco não trepa, não come doce, não vê TV.

— O que tem debaixo do pano, Sanderson?

— Algo pra você, queridinho. Você vai gostar.

— Com certeza — disse um dos gorilas.

— É — falou o outro.

— Esses caras alguma vez discordam de você, Sanderson?

— Nãninãnão. Isso seria a morte.

— A gente quer viver — disse um deles.

— Até uma idade bem avançada — acrescentou o outro.

— Como eu disse, Sanderson, o que tem na gaiola?

— Ah, esta não é a sua gaiola. Está vazia.

— Você vai me dar uma gaiola vazia?

— Esta é só uma isca, Belane.

— Pra que você precisa de uma isca?

— Só gostamos de brincar. Somos brincalhões.

— Que ótimo. E onde está a gaiola de verdade?

— No banco da frente do seu carro.

— Meu carro? Como você...?

— Ah, nós somos bons nisso, Belane.

— Mas por que você disse que eu ia gostar?

— Gostar do quê?

— Dessa gaiola que você está carregando. Você disse que eu ia gostar e os seus dois capachos concordaram.

— Era só brincadeira. Gostamos de brincar. Era conversa fiada.

— "Conversa fiada"? Quando você vai parar de brincar? Quando o papo vai começar a ficar sério?

— No banco da frente do seu carro, Belane. Dê uma olhada. Estamos indo embora. Te vejo de novo pela cidade. Em trinta dias.

— Eles foram embora. E me deixaram com as cabeças de porco.

Bem, eu saí e andei até o estacionamento. Enquanto caminhava, vi um bêbado encostado na parede, de cabeça baixa. As moscas estavam em cima dele. Parei e enfiei um dólar no bolso dele.

Em seguida, estava no estacionamento. Andei até o carro, entrei. Havia outra gaiola ali, coberta. Certifiquei-me de que todas as janelas estavam fechadas. Então respirei fundo e puxei o pano. Havia um pássaro na gaiola. Vermelho. Olhei mais de perto. Não era um pardal. Era um canário pintado de vermelho. Hummm, hummm. Uau. Ah.

Eles podiam ter arranjado um pardal e pintado de vermelho. Mas não, tinham de pegar a porra de um canário. E eu não podia soltá-lo. Ele ia morrer de fome lá fora. Tinha que ficar com ele. Estava encalacrado.

E fui passado para trás.

Dei partida no carro e saí de lá. Furei os sinais e por fim cheguei à rodovia. Enquanto dirigia, ouvi um pequeno som. A porta da gaiola se abrira e o pássaro havia escapado. Ele começou a voar de forma descontrolada pelo carro. O canário vermelho. Um cara na outra pista viu a movimentação e começou a rir de mim. Mostrei o dedo do meio pra ele. Uma enorme carranca escura tomou conta de seu rosto. Eu o vi pegar alguma coisa. Ele abaixou a janela e apontou uma arma para mim. Atirou. Era um péssimo atirador. Errou. Mas senti o vento da bala passando pelo meu nariz. O pássaro voava sem controle e eu disparei com o carro. Tinha um buraco de bala em cada uma das minhas janelas, um de entrada, outro de saída. Não olhei para trás. Pisei fundo e mantive o pé no acelerador até chegar à minha saída. Só aí olhei de novo. O meu amigo não estava à vista. Foi aí que percebi o pássaro. Pousado no alto da minha cabeça. Podia senti-lo. Ele cagou. Podia sentir a titica à medida que caía.

Não tinha sido um dia muito bom.

Não tinha sido a merda de um dia muito bom pra mim.

49

Eu estava no escritório. Acho que era uma quarta-feira. Não havia novos casos. Eu ainda estava na aventura do Pardal Vermelho, refletindo, planejando meus movimentos. O único movimento em que eu conseguia pensar era me mudar da cidade antes que acabassem os vinte e cinco dias.

Sem chance. Eles não iriam me expulsar de Hollywood. Eu *era* Hollywood, o que restava dela.

Houve uma batida muito educada na porta.

— Sim — falei —, entre.

A porta se abriu e lá estava um carinha miúdo, todo de preto, sapatos pretos, terno preto, até a camisa preta. Só a gravata era verde. Verde-limão. O gorila dele assomava por trás. Só que um gorila tinha mais cérebro.

— Sou Johnny Temple — disse ele —, e este é meu assistente, Luke.

— Luke, é? Me diga, o que ele faz?

— Tudo que eu mandar.

— Por que você não manda ele ir embora?

— Qual é o problema, Belane? Não gosta do Luke?

— Eu preciso?

Luke deu um passo à frente. O rosto dele começou a se contorcer, parecia que ia chorar.

— Você não gosta de mim, Belane? — perguntou Luke.

— Luke, fique fora disso — disse Temple.

— Sim, fique fora disso — falei.

— Você gosta de mim, Johnny? — perguntou Luke.

— Claro, claro! Agora, Luke, fique na frente da porta e não deixe ninguém entrar ou sair.

— Você também?

— O que quer dizer, Luke?

— Não deixar você entrar ou sair também?

— Não, Luke, você me deixa entrar e sair. Mas ninguém mais. Não até eu mandar.

— Ok.

Luke se aproximou e parou na frente da porta.

Temple puxou uma cadeira e se sentou.

— Estou aqui da parte da Execuções Acme. Vim para fazer um breve sumário. Nosso corretor, Harold Sanderson...

— Corretor? Você chama aquele cara de corretor?

— Um dos nossos melhores.

— Aposto que é — admiti. — Olhe só pra isso!

Apontei para a gaiola pendurada no canto. Dentro estava o canário vermelho.

— Ele me vendeu aquilo — falei.

— Harry poderia vender a pele de um cadáver — disse Temple.

— É provável que sim — respondi.

— Mas isso não importa. Estamos aqui para lhe apresentar um sumário.

— Apresente e suma.

— Você não é engraçado, Belane. Nós emprestamos a você quatro mil com juros de quinze por cento ao mês. Isso dá seiscentos dólares. Queremos ter certeza de que você entendeu tudo antes de vir aqui cobrar.

— E se eu não tiver a grana?

— Sempre cobramos, sr. Belane, de um jeito ou de outro.

— Você quebra pernas, Temple?

— Nossos métodos variam.

— Suponha que esses métodos não funcionem. Você mataria um homem por quatro mil mais juros?

Temple pegou um maço de cigarros, tirou um, acendeu-o com seu isqueiro. Sem pressa, tragou e expeliu a fumaça.

— Você me deixa entediado, Belane.

Então disse:

— Luke...

— Sim, Johnny?

— Está vendo aquele pássaro vermelho na gaiola?

— Sim, Johnny.

— Luke, quero que você vá até ali e arranque aquele pássaro da gaiola e quero que você o coma vivo.

— Sim, Johnny.

Luke começou a andar até a gaiola.

— *Meu deus, Temple, faz ele parar! Faz ele parar! Faz ele parar!* — gritei.

— Luke — disse Temple —, mudei de ideia, não quero que você coma o pássaro vivo.

— Devo assá-lo primeiro, Johnny?

— Não, não, apenas deixe-o em paz. Volte e fique perto da porta.

— Sim, Johnny.

Temple olhou para mim.

— Sabe, Belane, a gente sempre tem que cobrar de um jeito ou de outro. E se um método não funcionar, passamos para outro. Temos que permanecer no negócio. Somos conhecidos em toda a cidade. Nossa reputação é reconhecida em qualquer lugar. Não podemos permitir que nada nem ninguém manche essa reputação. Quero que você entenda isso por completo.

— Acho que entendi, Temple.

— Ótimo. Sua primeira data de vencimento é em vinte e cinco dias. Você foi avisado.

Temple se levantou e sorriu.

— Tenha um bom dia — falou.

Então se virou.

— Tudo bem, Luke, abra a porta, estamos indo.

Foi o que Luke fez. Temple se virou e me lançou um último olhar. Não estava mais sorrindo. E então eles foram embora.

Fui até a gaiola e olhei para o meu canário vermelho. Parte da tinta estava descascando, parte do amarelo natural começava a aparecer. Era um belo pássaro. Ele olhou para mim e eu olhei para ele. Então ele deu um pio de passarinho: "piiip!", e de alguma forma isso me fez sentir bem. Eu era fácil de agradar. O resto do mundo é que era o problema.

50

Decidi ir para o meu apartamento e tomar umas. Precisava pensar. Estava em um beco sem saída com o Pardal Vermelho e com a minha vida. Cheguei, estacionei, desci. Eu tinha que sair daquele apartamento. Já estava lá fazia cinco anos. Era como se estivesse construindo um ninho, mas sem nada para chocar. Gente demais sabia onde eu morava. Andei até a minha porta e a destranquei. Abri, havia algo no caminho. Um corpo. Uma mulher caída. Não, inferno, era uma daquelas bonecas infláveis, uma daquelas coisas infláveis com as quais alguns caras faziam amor. Mas eu não, cara.

Ela estava toda inflada. Eu a peguei e a carreguei para o sofá. Então notei um bilhete em torno do pescoço dela: "Belane, esqueça o Pardal Vermelho ou vai estar mais morto que esta foda de borracha".

Belo bilhete. Então, eu havia recebido uma visita. De alguém que não me queria no caso. Aquilo me deu esperança. O Pardal Vermelho devia existir de verdade, ou o pessoal não estaria agindo assim. Tudo o que eu tinha que fazer era pegar o rastro. Tinha de haver um. Havia muita coisa rolando. Eu podia estar na trilha de algo grande. Talvez internacional. Talvez algo de outro mundo? O Pardal Vermelho. Puta merda, as coisas estavam ficando interessantes. Preparei uma boa dose para mim, tomei um gole. E aí o telefone tocou. Atendi.

— Sim?

— Cagão, o que anda fazendo?

Um calafrio percorreu minha espinha. Era uma das minhas ex-mulheres, Penny. A última vez que eu tinha ouvido falar dela, cinco anos antes, algo assim, logo após nosso divórcio, ela havia desaparecido em algum lugar com um cara que trabalhava nas mesas de jogo de Las Vegas, um tal de Sammy.

— Desculpe, mas a senhora ligou para o número errado.

— Eu conheço sua voz, Cagão. Como vai?

Ela tinha me dado esse apelido. Totalmente infundado.

—Mal — falei.

— Você precisa de companhia.

— Aham.

— Você nunca soube do que precisava, Cagão.

— Talvez, mas sei do que não preciso.

— Estou subindo.

— Aham.

— Estou aqui embaixo, ligando do telefone do saguão.

— E cadê o Sammy?

— Quem?

— Sammy.

— Ah, esse... Olha, estou subindo.

Penny desligou. Eu me sentia péssimo, como se alguém tivesse espalhado merda em cima de mim. Tomei minha bebida e preparei outra. Então veio a batida na porta. Abri. Lá estava Penny, cinco anos mais velha e quinze quilos mais gorda. Ela deu um sorriso horrível.

— Feliz em me ver? — perguntou.

— Entra — falei.

Ela me seguiu até a sala.

— Cagão, me prepara uma bebida!

— Tá...

— Ei, que é isso?

— O quê?

— Essa coisa de borracha. Essa mulher de borracha.

— É uma boneca inflável.

— Você usa esse troço?

— Ainda não.

— O que ela está fazendo aqui?

— Não sei. Aqui a sua bebida.

Penny empurrou a boneca para o chão e sentou-se com o copo. Tomou um gole.

— Senti sua falta, Cagão.

— Falta do quê?

— Ah, pequenas coisas.

— Como o quê?

— Não consigo pensar em nem uma agora.

Ela deu um gole na bebida, olhou para mim e sorriu.

— Preciso de algum dinheiro, Cagão. Sammy fugiu com tudo que eu tinha.

— Estou no prego, Penny. Um cara vai acabar com a minha raça se eu não pagar os juros de um empréstimo.

Levantei e servi mais dois drinques, voltei.

— Só um pouco de dinheiro, Cagão.

— Eu não tenho, pelo amor de Deus.

— Eu te faço um boquete. Lembra, eu fazia uns boquetes ótimos.

— Olha, tudo o que tenho são vinte dólares. Aqui...

Peguei e entreguei a ela.

— Obrigada...

Penny enfiou a grana na bolsa. Ficamos sentados lá, bebendo.

— Tivemos bons momentos juntos — disse ela.

— No começo — respondi.

— Não sei — falou —, comecei a ficar deprimida.

— Escuta aqui, a gente se divorciou porque não dava certo.

— É — disse ela. — Você não fode esse troço, fode?

— Não, alguém deixou aqui.

— Quem?

— Não sei. Alguém está brincando comigo.

— Você quer um boquete?

— Não.

— Posso ficar aqui e beber mais um pouco?

— Quanto tempo?

— Só umas horas.

— Tudo bem.

— Obrigada, Cagão.

Quando ela foi embora, estava muito bêbada. Dei-lhe mais vinte dólares para um táxi. Ela disse que não ia longe.

Depois que ela saiu, fiquei lá sentado. Peguei a boneca inflável e a coloquei sentada no sofá ao meu lado. Tomei uma vodca com tônica. Era uma noite tranquila. Uma noite tranquila no inferno. Enquanto a Terra queimava como um tronco podre cheio de cupins.

51

Você não faz ideia de quão rápido podem se passar vinte e cinco dias quando não quer que eles passem.

Eu estava sentado em meu escritório quando a porta se abriu. Era Johnny Temple. Tinha dois novos gorilas com ele.

— Execuções Acme — informou. — Viemos para cobrar.

— Eu não tenho, Johnny.

— Você não tem as seiscentas pratas?

— Eu não tenho sessenta pratas.

Johnny suspirou.

— Vamos ter que fazer de você um exemplo.

— Qual é? Vocês vão pegar pesado comigo pela merreca de seiscentas pratas?

— Pegar pesado não, Belane, e sim acabar com você. De uma vez.

— Não acredito em você.

— Não interessa no que você acredita — disse um dos gorilas.

— É, não interessa — concordou o outro.

— Agora, espera um pouco aí, Johnny. Você está dizendo que vai acabar comigo por seiscentas pratas de juros em um empréstimo de quatro mil? Um empréstimo que me foi empurrado de uma grana que eu nunca vi? E vocês nunca me entregaram o

Pardal Vermelho. E quanto aos caras que devem *dinheiro graúdo*? Por que não vai atrás deles? Por que eu?

— Bom, Belane, tem que ser assim. Acabamos com você por uma ninharia. A notícia se espalha pela cidade. E isso de fato bota *medo* nos caras que nos devem muito! Porque quando eles percebem que podemos fazer isso com você por quase nada, então vai saber o que diabos pode acontecer com eles. Sacou?

— É — falei —, entendo. Mas estamos falando da minha vida, sabe. É como se ela não tivesse importância, sabe.

— E não tem — disse Johnny. — Estamos tocando um negócio. Os negócios nunca se preocupam com nada além do lucro.

— Não acredito que isso esteja acontecendo — falei, abrindo a gaveta da escrivaninha.

— Pera lá — disse um dos gorilas, dando um passo à frente e metendo uma Luger na minha orelha. — Eu fico com esse ferro.

Ele tirou meu .32 da gaveta.

— Você se move rápido para um gordo de merda — falei.

— É. — Ele sorriu.

— Tudo bem, Belane — disse Johnny Temple —, vamos todos dar uma voltinha.

— Em plena luz do dia!

— Melhor ainda, para verem você. Vamos, levanta!

Levantei de trás da escrivaninha e os dois gorilas me espremeram entre eles. Temple caminhava atrás de nós. Saímos do escritório e fomos até o elevador. Estendi a mão e apertei eu mesmo o botão.

— Valeu, vagabundo — disse Johnny.

O elevador chegou. As portas se abriram. Vazio. Eles me empurraram para dentro. Descemos. Sensação de vazio. Primeiro andar. Saguão. Saímos para a rua. Estava cheia. Pessoas andando por toda parte. Pensei: vou gritar "Ei, esses caras vão me matar!". Mas tinha medo de que, se eu fizesse isso, aí é que eles me matariam. Caminhei com eles. Era um belo dia. Então estávamos no carro deles. Os dois gorilas ficaram no banco de trás, eu no meio. Johnny Temple assumiu o volante na frente. Ele saiu com o carro.

— Essa coisa toda é um pesadelo sem sentido — falei.

— Não é um sonho, Belane — disse Johnny Temple.

— Aonde está me levando?

— Griffith Park, Belane, vamos fazer um piquenique. Um pequeno piquenique em uma dessas trilhas isoladas. Afastadas. Particulares.

— Como vocês podem ser tão frios? — perguntei.

— É fácil — disse Johnny —, nascemos assim.

— É. — Um dos gorilas riu.

Seguimos. Eu ainda não conseguia acreditar que aquilo estivesse acontecendo. Talvez não fosse acontecer. Talvez no último momento eles me dissessem que era tudo uma piada. Que só queriam me dar uma lição. Algo parecido.

E então lá estávamos nós. Johnny estacionou o carro.

— Tudo bem. Tirem ele daí, rapazes. Vamos dar uma volta.

Um dos gorilas me puxou para fora do carro. Então cada gorila me pegou por um braço. Johnny caminhava atrás de nós. Chegamos a uma trilha equestre abandonada. Estava coberta de arbustos e galhos, bloqueando o sol.

— Escutem, caras — falei —, já deu. Me digam que tudo isso é uma brincadeira e vamos todos tomar uma bebida em algum lugar.

— Não é brincadeira, Belane, vamos acabar com você. Pra sempre — disse Johnny.

— Por seiscentos dólares. Não posso acreditar. Não posso acreditar que o mundo funcione dessa maneira.

— Mas é assim que funciona. Já te explicamos os motivos. Continua andando — ordenou Johnny.

Continuamos andando. Então Johnny disse:

— Aqui parece um bom lugar. Vire-se, Belane.

Eu me virei. Vi a arma. Johnny disparou. Quatro tiros. Bem na barriga. Caí de cara, mas consegui rolar de costas.

— Muito obrigado, Temple — ainda consegui dizer.

Eles foram embora.

Não sei. Devo ter desmaiado. Mas voltei. Eu sabia que não tinha muito tempo. Estava perdendo litros de sangue.

Então pareceu que eu ouvia uma música, uma música como nunca tinha ouvido antes. Então aconteceu. Algo estava tomando forma, surgindo diante de mim. Era vermelho, vermelho, e, como a música, um vermelho que eu nunca tinha visto antes. E lá estava:

O PARDAL VERMELHO.

Gigantesco, brilhante, lindo. Nunca um pardal pareceu tão grande, tão real, tão magnífico.

Parou diante de mim. E então... lá estava Madame Morte. Em pé ao lado do Pardal. E nunca *ela* esteve tão linda.

— Belane — disse ela —, você de fato se deixou arrastar para uma péssima jogada.

— Não posso falar muito, senhora... Me dê os detalhes.

— Seu amigo John Barton é um homem muito perspicaz. Ele pressentiu que o Pardal Vermelho de alguma forma existia, era real, em algum lugar. E que você iria encontrá-lo. Agora você o encontrou. A maioria dos outros — Deja Fountain, Sanderson, Johnny Temple — eram vigaristas, tentando enganar você e sugar seu sangue. Como você e o Musso's são os últimos resquícios da velha Hollywood, a verdadeira Hollywood, eles achavam que você tivesse muito dinheiro.

Sorri.

— Madame, e quanto àquela boneca inflável no meu apartamento?

— Aquilo? Foi o carteiro. Ele ouviu falar que você estava no lance do Pardal Vermelho e queria dar mais um troco pela surra. Ele arrombou sua porta e deixou a coisa lá.

— E agora, Madame?

— Vou deixar você com o Pardal Vermelho. Você vai estar em boas mãos. Adeus, Belane, foi divertido.

— É...

E lá estava eu com aquele gigantesco pássaro brilhante. Imóvel.

Isso não pode ser verdade, pensei. *Não é assim que deveria acontecer. Não, não é assim que deveria acontecer.*

Então, enquanto eu observava, o Pardal abriu devagar o bico. Surgiu um enorme vazio. E dentro do bico havia um imenso redemoinho amarelo*, mais dinâmico que o sol, inacreditável.

Não é assim que acontece, pensei outra vez.

O bico se abriu inteiro, a cabeça do Pardal se aproximou e o brilho e o calor daquele amarelo me arrebataram e me envolveram.**

---

* A ideia de que, após passar o livro todo obcecado com o vermelho, Belane encontre o fim dele em um redemoinho amarelo alude a um simbolismo interno na obra de Bukowski. O autor costumava aproveitar o significado de "vermelho" como alerta para povoar não só este livro mas boa parte da obra dele com a conotação de perigo associada à cor (a Morte em *Pulp* constantemente usa vermelho). Já o amarelo foi mais de uma vez, ao longo da obra, associado por Bukowski a lembranças felizes e ao amor (são frequentes, em seus poemas, mulheres em vestidos amarelos). Como ele declara em um dos poemas de *The Days Run Away Like Wild Horses over the Hills* (1969): "mas amarelo é minha cor favorita / (Van Gogh também gostava)". [*N.T.*]

** Bukowski passou dois anos, entre 1991 e 1993, tentando encontrar o tom e a trama para *Pulp*, com pouco sucesso. Estava insatisfeito com a prosa, e muito da narrativa não fazia sentido, mesmo para uma sátira. Embora o fim de Belane case com o espírito desencantado da obra como um todo, o fim da história parece um tanto apressado, um pouco porque *foi* de fato apressado. Ao ser diagnosticado com leucemia em 1993 e internado num hospital, ele só tinha um terço do livro escrito depois de tanto tempo de trabalho. Após uma melhora temporária proporcionada pelo tratamento, Bukowski decidiu concluir o livro do jeito que conseguisse, abraçando o caráter surrealista e absurdo dele e deixando de lado qualquer tentativa de criar uma trama digna de um policial de fato. [*N.T.*]

Nota do tradutor

Traduzir Bukowski é, antes de tudo, traduzir um ritmo, um conjunto bastante específico de elementos opostos que o autor passou toda a carreira combinando de modo bastante particular. Há uma vulgaridade estudada a fim de produzir um humor que tira sua força do desconcerto e do absurdo — ao mesmo tempo que esse pode ser um dos segredos do sucesso dele entre leitores jovens do sexo masculino, é fácil confundir tal efeito com o choque pelo choque (às vezes o próprio Bukowski confundia). Há também, contudo, uma melancolia subterrânea que acompanha boa parte dos trabalhos do escritor, a tristeza pela condição humana transitória e pela desigualdade rampante em um mundo em que a promessa de redenção dos humildes pelo trabalho é tênue, quando não inexistente — não admira que os personagens de Bukowski, assim, rejeitem com toda a força de sua alma o movimento, a atividade, a ânsia de "produzir". Nick Belane, o detetive deste livro, não é uma exceção.

Em *Pulp,* o escritor ainda casa essas suas características marcantes com outra camada de sentido e referência. Há na estrutura do livro tanto uma homenagem quanto um pastiche satírico ao gênero que dá título ao romance: uma categoria que engloba histórias sensacionalistas de crime e violência impressas em papel vagabundo e que, vendidas por centavos, se tornaram extremamente populares como uma alternativa de escapismo desesperado nos Estados Unidos assolados pela Grande Depressão.

O pulp é um gênero de detetives durões, cidades indiferentes, instituições corrompidas pelo dinheiro, e tudo isso se encontra neste romance, mas Bukowski mescla esses elementos clássicos com a própria abordagem absurda e com sua vulgaridade de quinta série hilariante, o que oferece o próprio conjunto de desafios. Para começar, além do ritmo sincopado que produz uma variação bem particular da prosa coloquial, há trocadilhos e tiradas de duplo sentido, a maioria delas com conotação sexual velada.

Uma dessas brincadeiras mostrou-se intraduzível: o uso constante ao longo do livro de "*dick*" como gíria para detetive particular. Embora esse sentido da palavra já exista incorporado ao idioma inglês desde o tempo dos primeiros pulps, Bukowski tira proveito mais de uma vez do fato de que a mesma palavra também pode ser usada tanto como gíria para "babaca desagradável" quanto para uma forma eufemística de se referir ao pênis. Como não há uma gíria equivalente em português que carregue todos esses sentidos do termo, optou-se por um simples "detetive" quando essas ocorrências eram verificadas, ainda que tenham sido encontradas outras soluções para manter parte dos trocadilhos sexuais de pátio de colégio.

O próprio emprego abundante de gírias pelo autor é uma questão a se refletir ao se transpor Bukowski para o português, dado que esse é um elemento que, por natureza, pode se tornar datado no intervalo de pouquíssimos anos. Curiosamente, a intuição muitas vezes certeira de Bukowski para o ritmo da fala coloquial faz com que, no inglês original, muitas das gírias escolhidas por ele ainda sejam usadas (uma possível exceção talvez seja justamente o emprego de "*dick*" para sinônimo de "detetive", hoje menos comum do que no século passado). Logo, também em português, cabe a um tradutor encontrar um equilíbrio entre o sabor popular da linguagem e gírias que não estejam demasiado ancoradas ao contemporâneo a ponto de parecerem incompreensíveis em uma década.

Bukowski ainda lança mão, na narrativa, de um tipo de prosa em que a repetição às vezes exasperante de termos é também um elemento de ritmo. Em um livro fortemente calcado em diálogos, Belane e muitos de seus interlocutores usam a fala como uma forma de ganhar tempo. O que talvez justifique o desprezo manifesto que o protagonista sente pelo simples ato de jogar conversa fora, uma vez que é esse o sentido de muitos dos diálogos nos quais ele se vê involuntariamente envolvido. Assim, o equilíbrio da prosa precisa ser também encontrado no português, um idioma em que as repetições de termos numa mesma sentença soam menos naturais e mais canhestras ao ouvido do que no inglês.

Se há muitas repetições nos diálogos do livro, também são comuns jogos de palavras capazes de fazer um tradutor coçar a cabeça. Muitos deles fazem referência ao universo do turfe, como por exemplo na cena em que Belane é achacado pelos capangas de seu agenciador de apostas e, no original, um dos homens, ao se referir à aposta malograda feita pelo detetive, comenta: "*As a handicapper you are handicapped*", frase que usa o termo corrente em apostas "*handcap*" ("desvantagem") em mais de um sentido possível: em referência ao jogo; ao fato de que Belane está em desvantagem na situação; e como uma piada de gosto duvidoso que aproveita o sentido de "*handicap*" como deficiência física. Na impossibilidade de manter a gíria de apostas "*handicap*" e ainda obter os mesmos resultados, optou-se por outra solução que ainda assim lança mão do jargão próprio do turfe ("corpo de vantagem — desvantagem para o corpo").

Pulp é, também, como última obra de ficção produzida por Bukowski, um romance atravessado pela morte em toda a sua extensão. Não apenas de modo literal, uma vez que a própria Madame Morte é uma personagem recorrente da história e uma das clientes que solicitam os serviços de Belane; também a trama, ao tentar seguir parte do ritmo rocambolesco dos pulps tradicionais, faz da aleatoriedade radical de acontecimentos um reflexo do tom melancólico que vai invadindo o livro à medida que Belane, o protagonista, se vê confrontado vez e outra com o absurdo da experiência humana condenada à finitude, uma tristeza com o fim inevitável e que, no caso do personagem, vem através de um elemento burlesco de trapaça e logro que está também ancorado no humor que perpassa o livro.

Assim, a tarefa de trazer uma nova tradução de *Pulp* para o português se torna mais desafiadora do que possa indicar sua aparente simplicidade — até porque essa simplicidade, o tom ligeiro da prosa, que deve ser lida com graça e agilidade, também precisa estar lá no resultado final.

Agora é com vocês.

Carlos André Moreira é jornalista, escritor e tradutor.

Homem corroído

Há quem ama odiá-lo e quem odeia amá-lo. Charles Bukowski é explícito, despudorado e inconveniente. Tudo o que escreveu sempre incomodou e provocou um turbilhão em todas as gerações que vieram depois dele.

Suas desventuras são recheadas de bebedeiras, sexo e melancolia. Bukowski escrevia para não sucumbir ao mundo violento, hostil e miserável que o rodeava. Esse mesmo mundo sobre o qual ele se debruçava enquanto escrevia.

Repetidas cenas da vida noturna de Los Angeles traduziam uma Hollywood perversa, embriagada e fútil. Nick Belane, o detetive particular deste livro, é assim como tantos outros representados na literatura e no cinema.

Percorrendo as linhas que destilam as trapaças e desventuras de Nick Belane, que tenta sobreviver com pouco talento, uma dose de persistência e muito álcool, outro nome vem à mente: J. J. Gittes. Outro detetive, personagem central do filme *Chinatown*, de Roman Polanski, que é contratado por uma bela e sedutora mulher para realizar um serviço.

Vinte anos distanciam uma história da outra, porém o anti-heroísmo tanto de Belane quanto de Gittes ditaram um estilo de se criar histórias tão envolventes e carregadas de atmosfera *noir* que se perpetuou por décadas.

Pulp é o último livro escrito por Bukowski, cuja saúde já estava debilitada enquanto desenvolvia a narrativa. Seu flerte com a Madame Morte persistia diariamente como a lembrança doentia de que seu fim estava próximo e tudo o que lhe restava era escrever.

Não é coincidência que Belane fora contratado por uma bela mulher, chamada Morte, para encontrar o famoso escritor francês Céline, que, sim, já estava morto, porém ela acreditava que não e que ele fora visto perambulando por algumas livrarias.

A história de *Pulp* é a jornada da morte do próprio Charles Bukowski, que aceita o desafio de procurar um homem que todos sabem que já morreu, e a própria Morte o delega esta função, como prenúncio do que está por vir na vida do próprio autor.

Para encontrar verdadeiramente Céline, Bukowski também precisará morrer. E talvez assim como ele foi um dia contratado para estar no encalço do renomado escritor francês; assim ele mesmo deseja que não o deixem esquecido, morto; mas que alguém insista que ele ainda vive nas páginas de seus livros expostos na prateleira de alguma livraria.

Tudo o que eternizou em sua existência melancólica está redigido nas histórias diretas, divertidas e escatológicas.

"A vida desgastava um homem, tornava-o ralo."

É o que diz Belane em suas breves divagações. E assim, desgastado, sentindo-se um miserável, Bukowski criou um estilo único e direto, cuja empatia é encontrada em todas as gerações, entre os jovens e os velhos. Os mais intrépidos e os mais experimentados.

É nessa jornada do homem comum, de qualidades medianas e pequenas perspectivas, que as narrativas de Charles Bukowski desempenham papel fundamental para a compreensão da miserabilidade de se viver em uma sociedade moderna, capitalista, regada de depravação, alcoolismo e violência de todo tipo.

Uma espécie de livro de despedida, as últimas palavras, o golpe fatal, antes que a morte o encontrasse e o tornasse eterno.

"Merda, a morte estava em toda parte. Homem, pássaro, fera, réptil, roedor, inseto, peixe não tinham chance."

Ana Paula Maia é escritora e roteirista.

Charles Bukowski e as controvérsias do romantismo *lowlife*

A crítica enquadra o autor que você acaba de ler ora como realista sujo, ao lado de Raymond Carver, Richard Ford e Jayne Anne Phillips, ora como um poeta maldito, ao lado de tanta gente que citar seria embaraçoso, e ora como um particularíssimo escroque. De qualquer modo, prevalece o fato de que Charles Bukowski é um dos escritores mais influentes de todos os tempos.

Ele é o símbolo do romantismo *lowlife*. Quando penso nele, eu o imagino naquelas cenas clichês, é verdade, mas não esqueçamos da espirituosa dedicatória deste livro em suas mãos, que fazem a cabeça de muitas pessoas (talvez em especial dos homens) interessadas em escrever literatura: solitário num cantinho de bar, bebendo, fumando e escrevendo textos cardíacos que brotam com facilidade. Seus dedos datilografam dançando; as palavras, nítidas e nuas, percorrem os becos da alma, mergulham nos aspectos mais sombrios da beleza, do amor e do trabalho mundano.

Certo, ele não gostava de trabalhar. Ao longo de sua vida, Bukowski teve, digamos, uma relação complicada com o trabalho. Com exceção do cargo de carteiro, exercido por onze anos, foram muitos trabalhos esporádicos, pulando de cá para lá no mapa americano: motorista, ascensorista, lavador de pratos, funcionário de almoxarifado... Sempre sentindo-se cerceado em seu potencial artístico, sempre querendo beber sozinho, fechado em um quarto escrevendo, por três ou quatro dias a fio até precisar voltar a trabalhar. Sua dedicação ao ofício da escrita tinha precedência sobre a função de empregado. O desleixo na labuta tradicional junto do anseio de uma vida dedicada totalmente à escrita são temas recorrentes nas obras de Bukowski. Além disso, também a recreação com prostitutas e a bebedeira emblemáticas dos "machos alfa".

Seu primeiro romance, *Cartas na rua*, publicado em 1971, quase três décadas após o primeiro texto profissional, conta a história de Henry Chinaski, seu anti-herói autobiográfico, estreado nessa obra e mantido até 1989 no romance *Hollywood*, passando por *Factótum* (1975), *Mulheres* (1978) e *Misto-quente* (1982). As peripécias de ser um carteiro em Los Angeles, um proletário desenganado, um bebedor compulsivo com talento para as palavras. A obra explora com humor ácido os aspectos kafkianos de uma rotina sisifística e o preço que isso causa ao bem-estar físico e mental. Eu disse que este livro conta uma história? Bem, não espere um enredo com reviravoltas e resoluções interessantes, tampouco um arco emocional arrojado; afinal, Chinaski só deseja uma coisa: ficar sozinho e encher a cara, tal qual Bukowski. O livro tem uma passagem perturbadora que me faz pensar como são importantes edições críticas como esta da Harper Collins Brasil. Leia você mesmo e tire suas conclusões:

> — *Sua puta! Que diabos há com você?*
>
> — Viu só? Viu só? Você é um estuprador de merda!
>
> Ela estava quase em cima de mim. Agarrei seu rabo e comecei a beijá-la. Os peitos colados em mim, todo o seu corpo contra o meu. Ela recuou a cabeça e afastou-a de mim:

— Estuprador! Estuprador! Estuprador de merda!
Inclinei a cabeça e com a boca alcancei um dos peitos, depois segui para o outro.
— Estupro! Estupro! Estou sendo estuprada!
Ela estava certa. Baixei suas calças, abri o meu zíper, meti nela, e fomos andando de costas até o sofá. Caímos bem no meio dele. Ela ergueu bem alto as pernas!
— *Estupro!* — gritou.
Trepei com ela até gozar, fechei o zíper, apanhei o malote e saí enquanto ela olhava silenciosa para o teto.*

Chamar Charles Bukowski de "poeta maldito" e colocá-lo ao lado de Poe (1809-1849), García Lorca (1898-1936) ou da grande maldita brasileira, Hilda Hilst (1930-2004), seria um equívoco. Em artistas que recebem tal denominação é comum características como o estilo excêntrico, de virtuose esburacada, a vida pobre e reprimida, a fama tardia. Ora, Charles Bukowski obteve fama bem antes de sua morte; se teve perrengues financeiros nos Estados Unidos do pós-guerra, foi principalmente porque não gostava de trabalhar, e seu estilo é mais do que simples, é vulgar. O estilo de Bukowski consiste no dom de embelezar a vulgaridade. Que no ano de sua morte tenha publicado um livro "dedicado à literatura ruim", é conveniente e consciente. O gênero, a essência literária que Bukowski explora em *Pulp*, deriva de um fenômeno cultural americano de mais de cem anos: a *pulp fiction*, publicações baratas contendo contos de múltiplos gêneros e subgêneros em quantidades abarrotadas

* BUKOWSKI, Charles. *Cartas na rua*. Porto Alegre: L&PM, 2012

em edições mal-ajambradas. Muitas pessoas escreveram nessas popularíssimas publicações; poucas sobreviveram ao crivo do tempo. Mencionemos, apenas, Ray Bradbury (escritor de ficção científica), H. P. Lovecraft (de horror), Dashiell Hammett (de histórias de detetive). A *pulp fiction* de detetive foi uma das mais bem-sucedidas. E *Pulp* é, para mim, o romance mais bem-sucedido de Charles Bukowski.

Neste livro, Bukowski, servindo-se muito bem da literatura de detetive como gênero central, trabalhou diversas premissas de outros gêneros da literatura pulp, como ameaças do espaço e mistérios sobrenaturais, combinando seus elementos com sarcasmo, rudez, diversão e até mesmo sutileza (quão sofisticado não é usar Céline como morto-vivo?). Após sua frutífera incursão na poesia e com a morte batendo à porta, acredito que *Pulp*, assim como *O capitão saiu para o almoço e os marinheiros tomaram conta do navio* (1998), também escrita no fim da vida, são obras que destilam o melhor da literatura bukowskiana.

Esta obra publicada originalmente em 1994 me faz pensar na *Trilogia de Nova York*, de Paul Auster. Tanto Bukowski quanto Auster empregam estruturas narrativas não convencionais, desafiam as convenções tradicionais do gênero detetivesco e jogam com as noções de verdade e ficção. Ambos oferecem exames instigantes do gênero de detetive usado como premissa para explorar questões existenciais e filosóficas. Embora existam paralelos entre as duas obras, cada autor tem seu estilo. E um artista é seu estilo, não a história pessoal. Como diria Novalis, "o artista pertence à sua obra, não a obra ao artista".

É possível separar a obra do artista?

Charles Bukowski não foi uma pessoa exemplar. Não teve uma infância exemplar, bem longe disso... Não usarei sua infância para justificar nada. O estilo, no entanto — insolente, imperdoável, sincero —, é um dos legados dele. O que me interessa é sua ficção, tinta no papel, crime sem vítima, *seu estilo*, e neste livro você o tem na melhor execução, servindo a história mais inventiva já escrita por aquele velho safado.

Charles Dall'Agnol é escritor e professor formado em Teatro, com doutorado em Literatura.

Referência bibliográfica:
SOUNES, Howard. *Bukowski: vida e loucuras de um velho safado*. São Paulo: Editora Veneta, 2016.

Este livro foi impresso pela Cruzado, em 2023, para
a HarperCollins Brasil. O papel do miolo é pólen
natural 80g/m², e o da capa é cartão 250g/m².